KB186696

김수환 추기경과 함께한
일주일의 여정

김수환 추기경과 함께한
일주일의 여정

1판 1쇄 발행 2020년 7월 15일
교구인가 2015년 12월 9일

■ **엮은이** | 우광호 이승환 **펴낸이** | 정태욱
■ **펴낸곳** | 여백출판사 **등록** | 2019년 11월 25일 제 2019-000265호
■ **주소** | 서울시 성동구 한림말길 53, 4층 [04735]
■ **전화** | 02-798-2368 **팩스** | 02-6442-2296 **이메일** | yeobaek19@naver.com

ISBN 979-11-968880-9-1 (03810)

● 이 도서의 국립중앙도서관 출판예정도서목록(CIP)은 서지정보유통지원시스템 홈페이지(http://seoji.nl.go.kr)와 국가
자료공동목록시스템(http://kolis-net.nl.go.kr)에서 이용하실 수 있습니다. (CIP제어번호 : CIP2020027791)

일평생 사랑을 실천했던 한 사람의 생애가 남긴 아름다운 고백

김수환 추기경과 함께한
일주일의 여정

김수환 추기경 강연

우광호 · 이승환 엮음

여백

나의 기도 중에서

김수환

주여 당신이 보고 싶습니다.
당신과 만나고 싶습니다.
당신과 함께 살고 싶습니다.

목숨 다하는 그날까지
당신과 함께 영원을
향하여 걷고 싶습니다.

형제들을 위한 봉사 속에
형제들을 위한 가난 속에
그들과 함께 모든 것을 나누면서

사랑으로 몸과 마음
다 바치고 싶습니다.

(1979)

이 책은 1999년 5월 7일부터 14일까지 천주교 서울대교구 사제평생교육원 주최로 의정부 한마음청소년수련마을에서 열린 사제 연례 피정의 한 순서였던 김수환 추기경 강의를 글로 옮긴 것입니다. 강의 중에 개별 성직자를 직접 지칭하거나 성직자에 국한된 내용은 일부 수정했으며, 인용한 성경 구절은 한국 천주교 공식 성경인 《성경》(한국천주교주교회의, 2005)에 따랐습니다.

차례

이 순간도 하느님은
우리를 사랑하십니다

사랑은 하느님과 우리 관계의 가장 근본입니다. 또한 그것이 전부라고 해도 과언이 아닐 것입니다. 성경은 다른 것이 아니라 하느님과 우리 한 사람 한 사람에 대한 사랑의 이야기입니다.

하느님과 우리가 마주 앉아 있다는 것, 기도

성부와 성자와 성령의 이름으로 아멘.

자비로우신 하느님, 저희에게 이 소중한 시간을 주심에

삼사드리오며 수님께서 주신 이 시간, 주님과 마주 앉아서

주님께서 저희에게 들려주시고자 하는 사랑의 말씀을

우리 모두 귀담아듣고, 주님의 사랑 속에 사는

사람들이 되게 하여 주소서.

주님의 성령을 저희 마음에 가득히 부어 주시어

저희 마음을 밝혀 주시고,

저희 마음의 눈을 뜨게 하여 주시고,

마음의 귀를 열어 주소서. 그리하여 저희가 이 7일간,

참으로 주님의 사랑에 푹 젖게 하여 주소서.

우리 주 그리스도를 통하여 비나이다.

아멘.

"하느님은 사랑이시다."

신약성경 요한의 첫째 서간에 나오는 말씀입니다. 이것이 아마 오늘 대화의 주제가 될 것 같습니다.

어떤 분이 말하기를 '성인은 하느님의 사랑을 믿는 사람'이라고 합니다. 우리는 이제부터 일주일 동안 사랑이신 하느님, 나를 사랑으로 지으시고 사랑으로 구해 주시는 하느님, 나의 존재와 삶의 원천이 되시고 힘이 되시는 하느님, 한마디로 나를 지극히 사랑하시는 하느님과 마주 앉아서 함께 보내는 시간을 갖게 됩니다. 생각해 보면 참으로 소중한 시간입니다.

만물의 원천이 되시는 하느님과 우리가 마주 앉아 있다는 것, 나를 사랑하시는 그분과 함께 있다는 것, 이것보다 더 소중하고 더 값지고 더 좋고 더 필요한 것은 정말 없겠습니다.

그렇다면 어떻게 해야 이 시간을 보람 있고 뜻있게 보낼 수 있을까요? 여러분 모두 알고 있는 것처럼 우리가 얼마만큼 마음을 다해 그분과 함께하는가, 그분과 마주 앉은 우리가 얼마만큼 이 대화를 기도 가운데 보낼 수 있는가 하는 것에 달려 있다고 생각합니다.

주님께서는 당신과 함께 지내자고, 당신의 사랑을 우리에게 부어 주시려고 우리를 이 자리에 초대하셨습니다. 우리는 주님의 초대에 응답했다고도 볼 수 있습니다. 그리고 그 응답은 사랑으로 답하는 것, 곧 기도입니다. 그러면 기도는 어떻게 하는 것입니까?

신약성경 복음서를 보면, '예수님께서는 사람들에게 하늘나라의 신비에 대해 가르치시고 병자를 고쳐 주셨다. 또 너무나 많은 사람이 찾아와서 쉴 시간도 식사를 할 시간도 없었다'고 나와 있습니다. 그런데도 예수님께서는 늦은 시간이 되면 홀로 산으로 가서서, 한적한 곳으로 가서서 아버지이신 하느님께 기도하셨습니다. 이렇듯이 기도는 예수님처럼 5분이든 10분이든 모든 것을 떨쳐버리고 하느님 앞에 나오는 것이라고 할 수 있습니다.

무엇이 기도이고, 기도를 어떻게 하면 좋은지 예수님께서 친히 하신 말씀이 있습니다. 마태오 복음 6장 5절부터 8절까지에 기도에 대한 가르침이 나옵니다.

"너희는 기도할 때에 위선자들처럼 해서는 안 된다. 그들은 사람들에게 드러내 보이려고 회당과 한길 모퉁이에 서서 기도하기를 좋아한다. 내가 진실로 너희에게 말한다. 그들은 자기들이 받을 상을 이미 받았다. 너는 기도할 때 골방에 들어가 문을 닫은 다음, 숨어 계신 네 아버지께 기도하여라. 그러면 숨은 일도 보시는 네 아버지께서 너에게 갚아 주실 것이다."

　예수님께서는 보이지 않는 아버지께 기도하라고 하셨습니다. 그리고 이어서 "너희는 기도할 때에 다른 민족 사람들처럼 빈말을 되풀이하지 마라. 그들은 말을 많이 해야 들어주시는 줄로 생각한다. 그러니 그들을 닮지 마라. 너희 아버지께서는 너희가 청하기도 전에 무엇이 필요한지 알고 계신다. 그러므로 이렇게 기도하여라"라고 하시면서 '주님의 기도'를 제자들에게 가르쳐 주셨습니다.

　예수님께서 하신 이 말씀에 의하면, 첫째, 기도는 남에게 보이려고 하는 것이 아닙니다. 오히려 남의 눈에 띄지 않는 곳에서 기도해야 합니다. 둘째, 많은 말을 나열하기보다는 말씀드리지 않아도 다 아시는 하느님을 믿는 마음으로 침묵 속에 고요히 기도해야 합니다. 그리고 무엇보다도 하느님의 뜻이 이루어지도록, 그러니까 내 뜻이 아니라 하느님의 뜻이 이루어지도록 기도해야 합니다.

　하느님의 뜻이 이루어지기 위해서는 우리의 마음을 열어 두어야 합니다. 하느님께서 주시는 것이 무엇이든지 받아들이겠다는 그런 자세가 절실히 필요합니다. 그런데, 제가 생각하기로, 우리들은 '주님의 기도' 중 "하늘에서와 같이 땅에서도 이루어지소서" 하고 기도할 때 '땅에서도 이루어지소서'라는 구절에 별 의미를 두지 않고 있습니다. 설령 이 구절을 깊이 생각한다고 하더라도 '땅에서도'라는 말에서 자기 자신을 제외시키고 '그저 이 세상에서 이루어지소서'라고 기도하는 것 같습니다. 그 속에 내가 포함되어 있는가, 아니면 무의식중에 나를 빼놓고 그저 이 세상에서라고 말하고 있지는 않은가? 잘 생각해 보면, 아버지의 뜻이 이 땅에서도 이루어지기 위해서는 먼저 내 마음에서부터, 내 삶에서부터 하느님의 뜻이 이루어져야, 다른 이들 안에서도 이루어지고, 이 세상에서도 이루어질 수 있을 것입니다.

하느님의 뜻을 받아들이는 것이 기도입니다

우리가 기도할 때에는 자아를 떠나고 자기를 버려야 합니다. 그래서 하느님께서 주시는 것은 무엇이든지, 하느님의 뜻이라면 어느 것이나 받아들이는 것이 바로 기도입니다. 예수님께서 수난 전날 저녁에 "제 뜻대로 하지 마시고 아버지의 뜻대로 하소서"(루카 22, 42 참조) 하고 기도하신 것처럼 말입니다. 하느님께서 나에게 무엇을 주시든지, 비록 그것이 고통이고 시련이라 해도 받아들이고자 하는 마음 자세로 하는 것이 참된 기도가 아닌가 생각합니다.

그리고 말을 많이 하는 것보다는 조용히 침묵 속에 하는 기도가 더 좋습니다. 어떤 의미로 여기에 기도의 올바른 자세가 담겨 있다고 하겠습니다. 물론 우리에게는 청원기도가 필요할 때가 많습니다. 우리가 잘 아는 사랑하는 사람이 고통을 겪고 있을 때나 병고에 신음하고 있을 때 그를 위해서 기도해 주는 것도 필요합니다. 또 우리 자신이 시련을 겪을 때 주님께 도움을 청하는 것도 필요하고, 더구나 유혹을 물리치기 위해서나 용기를 얻고자 할 때 '주님께서 힘을 주십시오' 하고 청하는 것도 필요합니다.

제가 나이를 좀 먹으니까요, 점점 이런 생각을 자주 합니다. 하느님께서 도와주시지 않으면 어떤 좋은 일도 좋은 생각도 내 힘으로는 할 수 없다는 것입니다. 심지어 주님께서 주시지 않으면 올바른 믿음도 가질 수 없다는 것을 느낍니다. 무엇이든 내 힘만으로는 가질 수 없다는 것을 전보다 자주 느낍니다. 그래서 저는 가끔 "주님, 저로 하여금 주님을 정말 믿을 수 있도록 해 주십시오. 주님께 모든 것을 의탁할 수 있게 해 주십시오" 하고 기도합니다. 이렇게 기도하는 경우가 어떤 의미로 잦아졌다고 할 수 있습니다. 이렇게 우리는 청원을 드려야 할 때도 많습니다.

그런데 기도는 하느님과의 대화라고 합니다. 내 말만 일방적으로 늘어놓을 것이 아니라, 주님께서도 내게 하시고 싶은 말씀이 있을 테니, 주님께서 말씀하실 시간을 드려야 한다는 것입니다. 보통 기도를 한다고 할 때, 우리는 우리 자신이 하고 싶은 말, 생각하는 것이든지 외우고 있는 기도문이든지를 마구 늘어놓고는 그냥―주님께는 1분 1초도 짬을 내어 드리지 않고―일어나 버립니다. 과연 '주님, 말씀하소서, 이 종이 듣습니다' 하고 주님께서 말씀하시기를 여유 있게 기다린 적이 있는가를 반성해 보면, 참 드물지 않았나 싶습니다.

또 어떤 분은 기도는 '기다림'이라고 합니다. 그리고 어떤 분은 영어로 'wasting time'이라고 풀이합니다. 그대로 번역하자면 '시간을 소비하는 것', '시간 낭비'라고도 할 수 있습니다. 기도는 시간 낭비라고 하더라도 좋은 낭비입니다. 어차피 우리들은 하루 중 낭비하는 시간이 참으로 많습니다. 예를 들면 TV 앞에서 많은 시간을 낭비하고 있는데, 이왕 이렇게 시간을 낭비할 바에는 하느님 앞에서 낭비하는 것이 더 낫습니다. 그러므로 기다리는 자세로 하느님 앞에서 시간을 낭비해 보도록 합시다.

기도는 하느님의 음성을 들을 때까지 기다리는 것입니다

철학자 키르케고르(Søren Aabye Kierkegaard, 1813~1855)는 가톨릭 신자는 아니고 아주 독실한 루터교 신자였던 것 같습니다. 그래서 근본적으로는 가톨릭 신자인 우리와 기도나 신앙적으로 같다고 할 수 있는데, 그가 이런 말을 했습니다. 이 말은 제가 예전에 한 달

피정을 할 때 그곳의 게시판에서 본 것인데, 내용이 참 좋아서 일본말로 적혀 있는 것을 우리말로 옮겨 보았습니다.

"나의 기도가 가장 신심 깊고 내적인 것이 되어 갈수록 나 자신이 말하는 것은 줄어들었습니다. 나중에는 완전히 입을 다물게 되었습니다. 그래서, 모순처럼 보일지 모르겠지만, 기도하는 나는 오히려 듣는 사람이 되었습니다. 처음에 기도라는 것은 말씀을 드리는 것이라고 생각했습니다. 이제 기도는 그냥 묵묵히 있는 것이 아니라, 듣는 것이라는 것을 깨닫게 되었습니다. 역시 기도는 자신이 말하는 소리를 듣는 것이 아닙니다. 기도는 조용히 있는 것이며, 그리하여 기도하는 사람은 하느님의 소리를 들을 때까지 조용히 기다리는 것입니다."

여기서 '듣는다'는 표현이 나오는데, "기도는 자신이 말하는 소리를 듣는 것이 아닙니다"에서와 "기도하는 사람은 하느님의 소리를 들을 때까지 조용히 기다리는 것입니다"에서입니다. 물론 같은 표현이기는 하지만, 거기에 담긴 뜻은 굉장히 큰 차이가 있습니다. 앞의 표현은 '소리를 그냥 듣는 것'을 뜻하고, 뒤의 표현은 '하느님의 소리를 들을 때까지 귀 기울이는 것'을 뜻합니다. 뒤의 표현은 정말 마음으로 듣는 것을 의미합니다. 하느님께서는 우리 육신의 귀에 대고 말씀하시는 것이 아닙니다. 우리 마음속 깊은 곳에서 말씀하십니다. 그래서 오늘의 이 대화에서는 침묵이 요구되는 것입니다. 우리 마음속 깊은 곳에서 울리는 주님의 말씀을 듣기 위해서는 마음의 침묵이 필요한데, 외적으로 하는 침묵은 마음의 침묵을 돕는 것이기 때문입니다.

그러나 아무리 말을 하지 않아도 마음의 침묵을 지키지 않으면 소용이 없습니다. 외적으로는 가만히 있지만, 속으로 남을 평가하거나 참견하느라 분주하다면 이것은 마음의 침묵을 지킨 것이라고 할 수 없습니다. 우리는 마음으로 딴생각을 한다거나, 아무 말을 하지 않더라도 남을 흉볼 수도 있습니다. 우리 마음을 가만히 살펴보면, 타인을 보고서 자기 나름대로 평가하고 점수를 매깁니다. 누구는 몇 점이고 누구는 몇 점이고 하는 식으로. 또 누구는 장점이 뭐고 하는 식으로. 그렇게 우리의 마음은 일을 많이 합니다. 그럴 때는 내적 침묵을 지키는 것이 아닙니다. 결국 우리가 이 대화를 얼마나 잘하는가 하는 것은 내가 얼마만큼 기도하느냐, 또 얼마만큼 기도하고 싶은 마음이 있느냐, 여기에 달려 있다고 생각합니다.

한 잡지의 창간호에 구상 시인의 시 「영혼의 호흡」이 실려 있었습니다. 기도의 필요성을 시로 옮긴 것인데 여기서 읽어 드리려고 합니다.

창세기 첫머리의 표현대로
인간은 다른 생물과는 달리
하느님이 손수 흙으로 빚어서
당신의 입김을 불어넣으시어
영혼과 육신을 갖추고 태어난지라

우리의 육신은 공기로 숨을 쉬지만
영혼은 성령의 숨을 쉬어야 한다.

만일 영혼의 호흡을 모르거나, 멈춰서는
그 목숨, 살아서도 죽은 거나 매한가지요
하느님의 입김, 즉 성령을 숨 쉬는 사람만이
살아서도 죽어서도 복된 삶을 누릴 것이다.

영혼의 호흡은 어떻게 하느냐고?
그것은 바로 일상적 기도다!

마치 신선한 공기를 들이쉬고 내쉬며
우리의 육신이 활기를 지니고 살듯이
우리의 영혼은 기도로써 생기를 가꿔

아무리 숨 막히는 처지와 절망 속에서도
새롭고 영원한 삶이 어김없이 열린다.

그래서 우리는 육신의 호흡과 함께
끊임없이 정성스레 영혼의 호흡을 하자.

우리 인간을, 우리를 그리고 나를 위해서

　오늘 오후 대화는 성 이냐시오의 수쉬뻬(Suscipe) 기도문을 바치면서 시작하겠습니다. 여러분도 마음으로 함께 바치도록 해 주십시오.

　성부와 성자와 성령의 이름으로,

　주여 나를 받으소서.

　나의 모든 자유와 나의 기억력과 지력과 모든 의지와

　내게 있는 것과

　내가 소유한 그 모든 것을 받아 주소서.

　당신이 내게 이 모든 것을 주셨나이다.

주여 그 모든 것을 당신께 도로 드리나이다.

모든 것이 다 당신의 것이오니

온전히 당신 의향대로 그것들을 처리하소서.

내게는 당신의 사랑과 은총을 주소서.

이것이 내게 족하나이다.

아멘.

오늘 오전 대화에서 '듣는 것'에 대해 말했는데, 한자에는 '듣는다'는 뜻의 글자가 두 개 있습니다. '문(聞)'과 '청(聽)'입니다. '문'은 백문이불여일견(百聞以不如一見)이라고 할 때 나오는 것으로, 그냥 소리를 듣는다는 뜻입니다. 그리고 '청'은 경청한다고 할 때 쓰는 것으로, '귀를 기울여 듣는다'는 의미가 담겨 있습니다.

'聽'이라는 한자를 살펴보면, 먼저 마음 심(心)이 있네요. 여기에 십자가(十)도 있으니까, 아전인수격으로 해석하면, 십자가를 통해서 살아가면 마음으로 들을 수 있게 된다고 할까요. 한자를 만들 때 생각하지는 않았겠지만 우리 나름대로 해석을 하면, 또 14(十四)가 있으니까 14처(라틴어로 '비아 크루치스[Via Crucis]'라고 불리는 십자가의 길. 14처 기도는 예수 그리스도의 마지막 수난과 죽음을 기억하며 구원의 신비를 묵상하는 가톨릭 교회의 전통적인 기도이다_편집자)를 따라가는 자세를 가질 때 잘 들을 수 있게 된다고 할 수도 있겠네요. 이렇게 해석해 본 것은 우리가 이 대화 중에 하느님 말씀을 경청하는 자세로 기도하는 것이 중요하다고 말씀드리기 위해서입니다.

기도는 하느님의 말씀을 경청하는 자세로 바치는 것이 중요합니다. 그리고 우리가 이런 자세로 앉았을 때 마주하신 하느님은 바로 사랑이십니다.

사랑은 하느님과 우리 관계의 가장 근본입니다

'하느님은 사랑이시다.'

이 말씀은 아주 기본적인 진리라고 생각합니다. 이 말씀이 하느님과 우리, 하느님과 나의 가장 근본적인 관계를 말해 주기 때문입니다. 요한의 첫째 서간 4장 8절과 16절에 나오는 이 말씀을 곰곰이 생각해 보면, 신약과 구약 전체가 하느님에 대해서 언급하고 있는데 그 내용의 핵심이라고 말할 수 있습니다.

사랑이신 하느님은 나를 그리고 우리를 지극히 사랑하십니다. 우리에 대한 하느님의 사랑은 우리의 상상을 초월할 만큼 큽니다. 하느님은 세상을 극진히 사랑하셔서 외아들을 보내셨다는 요한 복음 3장 16절의 말씀이 있습니다만, 한마디로 하느님께서 우리를 얼마나 사랑하시는지는 십자가에서, 우리가 바라보는 십자가에서 잘 드러납니다. 하느님께서는 십자가에 못 박혀 죽을 만큼 우리를 사랑하십니다.

사랑은 이렇게 하느님과 우리 관계의 가장 근본입니다. 또한 그 것이 전부라고 해도 과언이 아닐 것입니다. 그러므로 성경은 다른 것이 아니라 하느님과 우리 한 사람 한 사람에 대한 사랑의 이야 기입니다. 하느님께서 얼마나 우리를 사랑하시며 얼마나 크신 사 랑으로 우리를 창조하셨는지, 그리고 얼마나 크신 사랑으로 우리 를 구원하셨는지에 대해 말해 주는 것이 성경입니다. 먼저 하느님 께서 얼마나 크신 사랑으로 우리를 지으셨는지 성경을 따라 묵상 하도록 하겠습니다.

창조 자체가 하느님 사랑의 표현입니다

창세기 1장부터 3장까지는 천지창조에 대해 말하고 있습니다. 이 대목에서는 사랑이라는 말이 나오지 않습니다만, 창조 자체가 하 느님 사랑의 표현이라는 것은 분명합니다. 하늘과 땅, 해와 달, 하 늘의 별들, 땅 위의 모든 생물, 이른바 아름다운 자연의 모든 것이 하느님의 사랑을 가장 크고 가장 뚜렷하게 드러낸다고 할 수 있습 니다. 적어도 믿음의 눈으로 볼 때에는 그렇습니다.

많은 분들이 경험하셨을 테지만 북한산도 아름답고, 우리 주변도 아름답고, 우리가 지금 있는 이 자리도 아름답습니다. 제가 언젠가 설악산 대청봉에 올라간 적이 있는데요, 꽃이 환히 피었을 때 거기서 내려다보는 설악산은 참으로 아름다웠습니다.

한번은 미국을 방문했을 때 어떤 교포가 옐로스톤국립공원을 사흘간 열심히 안내해 주었습니다. 그 고마운 자리에서 제가 그만, 그 말을 하지 말았어야 했는데, "역시 설악산이야!"라고 말하고 말았습니다. 그 말 때문에 그 자리에 있던 자매님 한 분이 크게 마음이 상했었나 봅니다. 그러고 나서 두 달인가 석 달이 지나 우연히 기회가 되어 그 교포 분과 수녀님들을 군종교구에서 초대하게 되었습니다. 미국에서 신세를 졌던 것도 있어서 제가 설악산을 안내해 드리겠다고 해서 설악산 권금성에 올라갔습니다. 그런데 그때 그 자매님이 권금성에서 한참 둘러보더니 제게 "제가 졌습니다"라고 하더군요. 그래서 이분이 그때 제가 한 말 때문에 참으로 섭섭했구나 하는 것을 알게 되었습니다. 미국에서 제가 한 말을 마음에 담고 있다가 설악산을 보니까 그 말이 일리가 있다, 뭐 이렇게 된 것이 아닌가 하는 생각이 들었습니다.

아무튼, 우리가 설악산을 보면서도 우리 마음이 하느님의 사랑에 이끌려 있다면 "크시도다, 주 하느님" 하면서 찬미를 드릴 수 있습니다. 어느 해 겨울이든가 '말씀의 집'에 가게 되어 산을 한 바퀴 도는데 눈이 많이 내려서 온 산을 하얗게 덮고 있었습니다. 경치가 참 좋았습니다. 그런데 저 앞에 누가 지나갔는지, 제 생각에 그때 피정 왔던 수녀님이 아닌가 싶은데, 눈 위에 '크시도다, 주 하느님'이라는 성가 구절이 적혀 있었습니다. 이처럼 우리 자신은 자연의 아름다움을 보면서 하느님의 위대함을 깨달을 수 있습니다.

전해 내려오는 이야기에 의하면, 성 이냐시오께서 당시 살고 계시던 로마 본부의 옥상에서 밤하늘의 별을 바라보다가 그 별을 통해 느낀 하느님의 위대함과 아름다움에 너무 감동해 눈물을 흘렸다고 합니다. 또 어떤 때는 뜰을 산책하다가 거기에 피어 있는 꽃들이 하느님을 찬양하는 것을 느꼈는데, 그 느낌이 당신에게 너무 강해서 꽃들을 꾸짖듯이 지팡이를 들어 땅을 툭툭 치면서 "네가 말하지 않아도 안다. 잠잠해라" 하고 외쳤다고 합니다. 이처럼 자연의 아름다움도 하느님의 현존과 그 사랑을 말해 줍니다.

하느님은 분명 사랑이시기 때문에 사랑에서 만물을 창조하셨습니다. 그리고 창조주이신 하느님의 그 능력은 결국 사랑인 것입니다. 우리는 창조를 능력으로 곧 힘으로만 생각하지만, 하느님의 창조는 곧 사랑이라고 보아야 합니다. 그렇기 때문에 하느님께서 당신이 친히 만드신 것을 보시고 "참 좋았다"고 하시는 말씀이 거듭 나오는 것입니다.

"하느님께서 먼저 빛이 생겨라 하시자 빛이 생겨났고, 그 빛이 하느님 보시기에 참 좋았다"고 성경은 창세기 1장 3절과 4절에서 기록하고 있습니다. 또 "창공을 만드시고 땅과 바다를 만드시고 하느님께서 보시니 참 좋았다", "온갖 식물과 과일 나무를 돋아나게 하신 후에도 하느님께서 보시니 참 좋았다", "낮과 밤 그리고 태양과 달과 별들을 만드신 후에도, 바다의 물고기와 땅 위의 짐승 그리고 하늘을 나는 새들을 만드신 후에도 하느님께서 보시니 참 좋았다"고 적혀 있습니다. 진선미(眞善美) 자체이신 하느님, 그런 하느님께서 손수 만드시고도 당신이 보시고 좋았다 하시니 그 얼마나 아름다워서 그랬겠습니까? 또 하느님께서 이것들을 창조하실 때 얼마나 정성을 기울이셨고 당신의 사랑을 쏟으셨으면 '보시니 참 좋았다'고 하셨겠습니까?

마지막으로 하느님께서는 "우리와 비슷하게 우리 모습으로 사람을 만들자. 그래서 그가 바다의 물고기와 하늘의 새와 집짐승과 온갖 들짐승과 땅을 기어 다니는 온갖 것을 다스리게 하자"고 하시며 사람을 남자와 여자로 창조하셨습니다. 그리고 아담과 하와에게 복을 내려 주시며 "자식을 많이 낳고 번성하여 땅을 가득 채우고 지배하여라" 하시고는 또다시 "이 모든 것을 하느님께서 보시니 참 좋았다"고 말씀하십니다. 창세기 1장 1절부터 2장 4절까지의 천지창조 이야기를 보면 "하느님께서 보시니 참 좋았다"라는 표현이 일곱 번 되풀이됩니다. 이것은 사랑이시며 선하신 하느님께서 그 사랑과 선하심에서 만드신 것이 얼마나 좋고 아름다운지를 잘 표현하고 있다고 하겠습니다.

우리 인간만이 그분을 찬미할 줄 압니다

조각가 같은 예술가들도 자신이 구상하고 꿈꾸던 아름다움을 드러내고 있는 자기 작품을 보면서 감탄하고 사랑합니다.

　제가 바오로 피정의 집에 가끔 가는데, 어느 날 그곳에 원로 조각가 최종태 교수님이 오셨습니다. 바오로 피정의 집에 가 보면 아시겠지만 그곳에는 최종태 교수님의 미술 작품이 여러 점 있습니다. 그날 그분이 피정의 집을 찾은 건 자신이 만든 작품을 보고 싶어서였습니다. 자신의 작품이 보고 싶다는 건 최 교수님이 정말 사랑으로 정성을 다해서 작품을 만들었기 때문이라고 생각합니다.

　로마에는 세계적으로 유명한 화가이자 건축가, 조각가, 시인이기도 한 미켈란젤로(Michelangelo di Lodovico Buonarroti Simoni, 1475~1564)의 작품이 많이 있습니다. 바티칸의 성 베드로 대성전에 있는 〈피에타 상〉 역시 미켈란젤로의 작품입니다. 이것 말고도 걸작으로 손꼽히는 〈모세 상〉이 있습니다. 이 작품에는 이런 이야기가 전해

옵니다. 미켈란젤로가 모세 상을 다 만들어 놓고 보니 정말 살아 있는 것 같았답니다. 그래서 그만 모세 상을 탁 치면서 "모세야, 말해라" 하고 외쳤다고 합니다. 작가는 자기 작품에 사랑과 열정을 쏟고, 그만큼 자신의 모든 것을 바친 그 작품을 사랑합니다.

이렇게 불완전한 인간도 자신이 만든 작품의 아름다움에 도취 되는데, 하물며 진선미 자체이신 하느님께서는 우주 만물의 창조를 위해 얼마나 정성을 쏟았고, 또 그 작품에 도취되셨겠습니까? 그것은 미켈란젤로가 자신이 만든 작품에 도취된 것과 비교할 수 없을 것입니다. 그래서 하느님께서 "보시니 참 좋았다"고 하신 것은 '가장 좋은 것'임을 우리는 이해할 수 있습니다. 더구나 당신 모습을 따라 짓고 우주 만물의 지배자로 세운 인간을 보시고 얼마나 사랑스러우셨으면 "보시니 참 좋았다"고 하셨겠습니까? 자신의 모습과 닮은 인간을 보시고 하느님께서는 너무나 사랑스러워 그 기쁨을 감추지 못했을 것이라고 인간적으로 생각해 볼 수 있습니다.

우주 만물이 다 나름대로 하느님의 모습을 어느 정도는 반영하고 있습니다만, 그중에서 인간이 가장 하느님의 모습대로 만들어 졌다는 것은 성경에서 말하고 있는 그대로입니다. 그 이유는 무엇보다도 인간만이 생각할 줄 알고, 자기의식을 할 줄 알고, 그리고 자기 의지로 사랑할 줄 알기 때문입니다. 우주 만물이 아무리 광대하고 크다 할지라도 우주는 자기의식을 가질 수 없고, 또한 사랑할 수도 없으며, 하느님을 찬미할 수도 없습니다. 오직 우리 인간만이 그 우주도 관조할 줄 알고, 그것을 통해서 하느님을 찬미할 줄 알고, 또 자기 의지로 사랑할 수 있는 존재입니다.

나와 우리를 위해 만물을 지으셨습니다

창세기에서는 하느님께서 엿새 동안에 세상을 창조하셨다고 서술하고 있습니다. 여기서 엿새를 곧이곧대로 해석하는 이는 우리 중에 아무도 없으리라 생각합니다.

이른바 우주기원설에서는 빅뱅이라는 것이 맨 먼저 있었다고 합니다. 이렇게 우주가 대폭발을 한 다음 진화, 생성, 발전을 거치면서 은하계가 생겼고, 다시 태양계 즉 지구를 포함하여 해와 달 등이 생겼다고 합니다. 어떤 사람은 그 기간이 약 150억 년 정도 걸렸다고 하고, 또 어떤 사람은 200억 년 걸렸다고 합니다.

참 재미난 것은, 현재는 수없이 많은 별들, 헤아릴 수 없이 많은 별들이 있고, 우리가 지금 보는 은하계만 해도 천억 개가 넘는 별들이 있는데, 현재까지 밝혀진 바로는 지구만이 비록 조그마한 별이지만 육지와 바다가 나뉘어 있습니다. 그렇다면 빅뱅이라는 우주 대폭발이 있고, 은하계가 생기고, 태양계가 생기고 하면서 생성

발전해 온 목적은 무엇일까요? 그것은 어떤 의미에서 이 조그마한 지구를 만들어 내기 위한 것이었다고 할 수 있습니다. 또 거기서 생물이 나오고, 의식할 줄 아는 인간을 내기 위해서 수많은 별들이 필요했던 것입니다.

떼이야르 드 샤르댕(Theillard de Chardin, 1881~1955, 프랑스의 고생물학자이자 지리학자이고 가톨릭 예수회의 사제이다. 근대 자연과학의 세계관, 특히 진화론적 세계관과 그리스도교적 세계관을 종합한 사상가이다_편집자) 신부님은 우주 만물은 인간을 위해서, 자기의식을 할 줄 아는 인간을 위해서 존재한다고 말했습니다. 이 말은 결국 '하느님의 창조의 목적은 무엇인가? 오늘도 신비에 싸여 있다고 볼 수 있고, 어디가 끝인지도 모르는 우주의 모든 것을 무엇 때문에 창조하셨는가?' 하는 질문에 대한 대답이라고 할 수 있습니다. 그 창조의 목적은 바로 '우리 인간을 위해서, 우리를 위해서, 나를 위해서'라는 것입니다. 참으로 무릎을 탁 치게 만드는 말입니다.

예를 들어서, 아주 아름답고 굉장히 환경이 좋은 터에 어떤 돈 많은 부자가 궁궐 같은 집을 지었습니다. 지나가는 사람들이 모두 탄복을 하면서 '왜 저런 집을 지었는가? 무엇 때문에? 누구를 위해서 저런 훌륭한 집을 지었는가?' 하고 묻자 그 아버지가 '내 아들을 위해서'라고 대답한다면, 사람들은 속으로 이러겠지요. '저 아버지는 돈만 많은 게 아니라 얼마나 아들을 사랑하면 저런 좋은 집을 지었겠는가?'라고요. 하지만 하느님은 그 아버지에 비할 바가 아닙니다. 창조주이신 하느님은 이 우주 만물, 우리가 바라보는 저 아름다운 하늘의 별들, 또 이 자연의 아름다움 그 모든 것을 우리를 위해서, 나를 위해서 지으셨습니다. 그러니 얼마나 나를 사랑하시는 분인가 하고 생각하지 않을 수 없습니다.

예수의 작은 형제회, 예수의 작은 자매회라는 수도회가 있습니다. 그 수도회의 정신적인 창립자라고 할 수 있는 샤를르 드 푸코(Charles de Foucauld, 1858~1916)는 오랫동안 방황하였으나 하느님의 은총을 통해 극적으로 회개했습니다. 전해 내려오는 이야기에 의하면, 파리에 성 아우구스티누스 성당이 있는데 그가 그 성당에서 고해성사를 하던 중에 개종의, 회개의 은혜를 입었다고 합니다. 그 이후에 푸코는 편지에서 다음과 같이 고백하고 있습니다.

"나는 하느님이 계시다는 것을 깨달았던 그 순간, 나의 모든 것을 바쳐서 살아야 하는 수도 성소를 깨달았다."

이 글귀는 처음 읽었을 때 제 가슴에 아주 강하게 와 닿았습니다. '과연 푸코에게 하느님께서 계시다는 깨달음이 얼마나 강하게 느껴졌기에, 하느님이 계시다는 그 사실이 얼마나 그의 가슴에 강하게 울렸기에 자신의 모든 것을 바쳐 수도 생활을 해야 한다는 결심을 했겠는가?' 그가 "하느님이 계시다"고 말한 데는, 우리가 하느님이 계시다고 말한다든지 무신론자에 대해서 유신론자가 하느님이 계시다고 말하는 것과 비교할 수 없는 강한 울림이 담겨 있다고 할 수 있습니다.

참으로 살아 계신 하느님, 나를 지으신 하느님, 나를 이렇게 있게 하신 하느님, 나를 지금도 살게 하시는 하느님, 나를 사랑하시는 하느님, 나를 부르시는 하느님, 나를 위해서 당신의 모든 것을 주시는 하느님, 그 하느님을 푸코는 마음 깊이 느낀 것이 아닐까요. 그래서 '나는 하느님을 떠나서는 존재할 수도 살 수도 없다. 나도 하느님께 나의 모든 것을 드려야겠다'고 결심하게 되었을 것입니다.

둘
째
날

우리 마음의 문 밖에서
문을 두드리다

하느님의 창조의 계획과 뜻에서 '나'라는 존재가 나온 것입니다. 내가 있기
전에 나를 아시고 나를 사랑하셔서 그 사랑에서 나를 지으셨으니, '나'라는
존재는 하느님의 사랑에서 나온 것입니다. 누가 우리를 이렇게 사랑합니까?
그분은 우리 마음의 문 밖에서 문을 두드리시면서 우리가 그분께 마음의 문
을 열어 주기를 기다리십니다.

누가 우리를 이렇게 사랑합니까

성부와 성자와 성령의 이름으로 아멘.

자비로우신 주 하느님,

오늘 하루를 또 이렇게 주심에 감사드립니다.

주님과 함께 있는 이 시간에 주님께서 성령의 빛으로

저희 마음을 밝혀 주시옵고,

주님께서 저희를 얼마나 사랑하시는지

깊이 깨닫게 해 주십시오.

우리 주 예수 그리스도를 통하여 비나이다.

아멘.

〈길〉이라는 이탈리아 영화를 보았는지 모르겠습니다. 유명한 영화배우 앤서니 퀸이 잠파노라는 주인공으로 출연하고, 순진하고 바보스러운 여자 젤소미나 그리고 마토라는 서커스단 광대가 등장합니다. 어느 날 잠파노가 마토의 놀림에 흥분하여 기물을 부수고 난동을 부려 유치장에 들어가게 됩니다. 세상 물정을 전혀 모르는 젤소미나에게는 오직 잠파노만이 삶의 근거이자 의지였는데, 그가 유치장에 들어가 보이지 않으니 그녀는 마치 삶의 의미를 잃은 것처럼 실의에 빠집니다. 그러자 마토가 그녀를 달래며 잠파노는 그렇게 오래 갇혀 있지 않을 것이라는 등 이런저런 이야기를 하다가 돌멩이 하나를 손에 쥐어 들고 이렇게 말합니다. '젤소미나, 돌멩이 하나에도 의미가 있어.' '무슨 의미?' 젤소미나가 묻자 마토는 또 이렇게 대답합니다. '나도 몰라. 모르지만 의미가 있어야 돼. 이 돌멩이에 아무런 의미가 없다면 세상 모든 것에 의미가 없을 수 있어.'

깊이 생각해 볼 만한 대화입니다. 비록 돌멩이 같은 하찮은 것이라 할지라도 존재의 의미가 없다면 세상 무엇도 의미가 없다, 그러니까 돌멩이 하나에도 의미가 있다는 말은 대단히 큰 뜻이 있는 것입니다. 우리는 보통 '돌멩이 하나쯤 대수로울 게 뭐 있어'라고 생각하는데, 깊이 생각해 보면 돌멩이 하나에도 의미가 있다는 것, 그러니 이 세상 모든 것에 의미가 있다는 것은 참으로 중요한 말이라는 것을 알 수 있습니다. 그리고 그 의미는 결국 그 모든 것을 창조하신 하느님으로부터 오는 것입니다.

자, 이제 하느님께서 온갖 피조물 중에서도 가장 당신과 닮게 창조하신 우리 인간, 만물의 영장으로 세우신 우리 인간, 한 사람 한 사람 고유한 모습을 갖게 해 주신 우리 인간, 이러한 우리 인간 존재는 얼마나 크고 깊고 높은 존재인가를 생각해 보지 않을 수 없습니다.

내가 태어나기 전부터 나를 사랑하셨습니다

첫째 날에 창세기 이야기로 하느님께서 아담과 하와를 사랑으로 창조하셨다고 말씀드렸는데, 하느님께서는 아담과 하와만이 아니라, 너와 나 즉 우리 모든 사람을 하나하나 사랑으로 지으셨습니다. 그러니까 아담과 하와에게 쏟으신 하느님의 사랑이나 우리를 지으시며 쏟으신 사랑은 같은 것입니다. 네, 아무런 차별 없이 똑같은 사랑인 것입니다. 그런데 우리는 부모로부터 태어났기 때문에, 막연히 나의 탄생에 하느님은 간접적으로 개입하셨으리라 생각하기 쉽습니다. 아니요, 오히려 그 반대입니다. 생각해 봅시다. 우리가 태어날 때 태어날 '나'를 의식하고 낳아 주신 부모는 아무도 없을 것입니다. 아마도 우리 부모님이 우리를 낳으실 때 생각하신 것이 있다면 그저 자식을 갖는다는 정도였지 구체적으로 지금 우리와 같은 존재를 의식하지는 않았을 것입니다. 오히려 구체적으로 '나'라는 존재를 의식하고 지으신 분은 하느님이십니다. 하느님의 창조의 계획과 뜻에서 '나'라는 존재가 나온 것입니다. 다시 말해서 하느님께서 내가 있기 전에 나를 아시고 나를 사랑하셔서 그 사랑에서 나를 지으셨으니, '나'라는 존재는 하느님의 사랑에서 나온 것입니다. 그래서 성 아우구스티누스(Aurelius Augustinus, 354~430)는 "주님, 당신은 저를 사랑하셨습니다. 그리고 그 사랑에서 저를 지으셨습니다" 하고 고백하였습니다.

하느님께서 아시고 사랑해 주셔서 지금 우리 자신이 존재할 수 있다는 것을 분명히 알아야 합니다. 하느님께서는 '나'라는 존재가 있기도 전에 나를 아셨습니다. 먼저 '나'라는 존재가 있고, 그다음에 하느님께서 나를 보시고 '아, 네가 있구나' 하고 아신 것이 아닙니다. '나'라는 존재가 있기 전에 이미 하느님께서는 알고 계셨습니다.

하느님께서는 어떻게 내가 존재하기도 전에 나를 아셨을까요? 이런 질문을 할 수도 있지만, 달리 생각하면 또 그 이치가 그렇게 복잡할 것도 없습니다. 예를 들면 조각품은 조각이라는 작업을 통해서 나타나기 전에 이미 조각가의 구상 안에, 마음속에 있었다고 할 수 있습니다. 우리가 태어나기 전에 이미 하느님 창조의 뜻 안에, 하느님의 마음에 우리를 담고 계셨던 것이라 할 수 있습니다. 성경에서 구체적인 사례와 말씀을 찾아볼 수 있습니다. 구약성경 예레미야서 1장 5절의 말씀입니다.

"모태에서 너를 빚기 전에 나는 너를 알았다. 태중에서 나오기 전에 내가 너를 성별하였다. 민족들의 예언자로 내가 너를 세웠다."

하느님께서는 예레미야가 이 세상에 태어나기도 전에 이미 그를 뽑으셨고, 또 그를 당신의 말씀을 만방에 전할 예언자로 이미 택하셨다고 하십니다. 예레미야의 존재는 하느님께서 그렇게 뽑으시고 택하신 순간부터 이 세상에 존재했던 것입니다.

루카 복음 1장에 나오는 세례자 요한의 출생 예고도 마찬가지입니다. 세례자 요한이 엘리사벳의 배 속에 들어서기도 전에 즈카르아에게 천사가 나타납니다. 그리고 아들을 낳을 터이니 그 이름을 요한이라 하여라 하였고, 그가 장차 주님의 길을 닦고 그분의 삶을 준비할 것이라고 하면서 미리 그가 어떤 인물이 될 것인지도 말해 주었습니다. 이처럼 세례자 요한이 엘리사벳의 배 속에 들어서기도 전에 미리 탄생을 예고하였다는 것은 하느님께서 그가 태어나기 전에 그를 아셨고 뽑으셨다는 의미입니다.

사도 바오로 역시 그런 경우였습니다. 바오로 사도가 예수님을 목격한 것은 교회를 박해하기 위해 다마스쿠스로 가던 길에서였습니다. 후에 바오로 사도는 갈라티아 신자들에게 보낸 서간에서 이렇게 말합니다.

"내가 한때 유다교에 있을 적에 나의 행실이 어떠하였는지 여러분은 이미 들었습니다. 나는 하느님의 교회를 몹시 박해하며 아예 없애 버리려고 하였습니다. 유다교를 신봉하는 일에서도 동족인 내 또래의 많은 사람들보다 앞서 있었고, 내 조상들의 전통을 지키는 일에도 훨씬 더 열심이었습니다. 그러나 어머니 배 속에 있을 때부터 나를 따로 뽑으시어 당신의 은총으로 부르신 하느님께서 기꺼이 마음을 정하시어, 내가 당신의 아드님을 다른 민족들에게 전할 수 있도록 그분을 내 안에 계시해 주셨습니다."
(갈라 1, 13-16)

그런데 구체적인 사례로 든 예레미야나 세례자 요한이나 사도 바오로 모두 큰 인물들입니다. 큰 인물이니까 그런 것이지, 우리 같이 작고 미약한 존재들에게는 해당되지 않는 게 아니냐고 생각할 수도 있을 것입니다. 그런데 신약성경 에페소 신자들에게 보낸 서간에 이런 말씀이 나옵니다.

"우리 주 예수 그리스도의 아버지 하느님께서 찬미 받으시기를 빕니다. 하느님께서는 그리스도 안에서 하늘의 온갖 영적인 복을 우리에게 내리셨습니다. 세상 창조 이전에 그리스도 안에서 우리를 선택하시어, 우리가 당신 앞에서 거룩하고 흠 없는 사람이 되게 해 주셨습니다." (에페 1, 3-4)

영원하신 하느님께서는 천지창조 이전에 우리를 아시고 사랑하시고 뽑아 주시고 하늘의 온갖 영적 축복으로 우리를 축복하여 주셨다는 것입니다. 우리는 성모 마리아께 '은총을 가득히 입으신 성모 마리아님' 하고 부릅니다. 성모 마리아께서 천주의 모친이 되신 것처럼 특별히 하느님으로부터 뽑혔기 때문입니다. 따라서 '은총이 가득하신 마리아님'이라는 말이나 에페소 신자들에게 보낸 서간에서 '하늘의 온갖 영적 축복을 우리에게 내리셨다'는 말이나 같은 표현이리고 할 수 있습니다. '은총이 가득하신 마리아님'이라는 인사가 비록 성모님께 바쳐진 고유한 것이기는 하지만, 결과적으로는 우리 모두가 성모님과 마찬가지로 은총을 가득히 입은 존재들인 것입니다. 이것은 성서적으로나 신학적으로나 확실한 것입니다.

그분 없이 우리는 존재할 수 없습니다

하느님께서는 참으로 내 존재의 근본적인 바탕이시고 근원이십니다. 하느님이 없이는 나는 결코 존재할 수도 없고, 아무것도 아니라는 의미입니다. 이처럼 '나'라는 존재는 하느님께 완전히 달려 있습니다. 그것은 전에도 그랬고 현재도 그렇고 미래에도 그럴 것입니다. 우리 자신이 하느님의 현존에 대해서 느끼든지 느끼지 못하든지 상관없이 우리는 하느님 안에, 하느님의 현존 안에 있습니다.

만일 우리가 하느님의 현존을 느끼지 못한다고 하면, 그것은 하느님께서 우리를 떠나셨기 때문이 아니라 단지 우리가 하느님을 느끼지 못해서일 뿐입니다. 하느님께서는 결코 우리를 떠나시지 않고 우리 안에 계시며, 우리도 하느님 안에 있습니다. 그래서 사도 바오로가 아테네에 갔을 때 아테네 사람들에게 하느님을 전하면서 "우리는 그분 안에서 살고 움직이며 존재합니다"(사도 17, 28)라고 했던 것입니다.

이렇게 우리의 존재와 생명, 우리의 모든 것이 전적으로 하느님께 달려 있다는 것, 그분이 먼저 아서서 사랑하심으로써 존재할 수 있다는 것을 우리는 참으로 깊이 인식해야 한다고 생각합니다. 왜냐하면 우리는 평소에 하느님의 현존을 거의 의식하지 않기 때문입니다. 그 결과, 마치 우리가 하느님 없이도 살 수 있는 것처럼

착각합니다. 나아가 하느님께서 내 존재의 바탕이시라고 하는 데
는 더 깊은 뜻이 있습니다. 단지 '나'라는 존재 바탕에 있다는 의미
뿐만 아니라 '나'라는 고유한 페르소나(Persona, 자유의사를 갖는 독립된 인
격적 실체를 말한다_편집자)의 근원이라는 의미이기도 합니다.

나의 모든 것을 알고 계십니다

'페르소나'란 단어가 우리말로 이해하기 어렵습니다. 이 단어를 대
체로 인격(人格) 또는 인격 주체라고 번역하는데, 인격이라고 하면
때로는 도덕적인 의미로도 쓰이기 때문에 페르소나를 정확하게
번역할 만한 말은 없는 것 같습니다.

　어쨌든 우리 각자에게는 인격 주체 즉 페르소나가 있기 때문에
우리 한 사람 한 사람이 모두 다릅니다. 50억 세계 인구가 똑같은
사람은 하나도 없고, 전부가 유일무이한 존재이고, 모두가 다 고유
한 페르소나를 지니고 있는 것입니다. 하느님께서는 우리 한 사람
한 사람을 모두 고유한 존재로 지으셨으며, 또 그와 같은 고유한
의미로 한 사람 한 사람을 사랑하십니다. 이렇게 하느님께서는 우
리 한 사람 한 사람을 영원으로부터 잘 아십니다. 시편 139장을 지
은 사람은 이것을 참으로 깊이 인식했던 것 같습니다.

"주님, 당신께서는 저를 살펴보시어 아십니다.

제가 앉거나 서거나 당신께서는 아시고 제 생각을 멀리서도 알아채십니다.

제가 길을 가도 누워 있어도 당신께서는 헤아리시고 당신께는 저의 모든 길이 익숙합니다."(시편 139, 1-3)

이것을 잘못 생각하여, 예전 안기부와 같은 곳에서 나의 모든 것을 알고 있는 것과 마찬가지로 하느님께서 나를 감시하고 계신다고 생각할 수 있을지도 모르겠습니다. 하지만 하느님께서 나를 샅샅이 알고 계신다는 것은 그러한 의미가 아닙니다. 하느님께서 아신다는 것은 바로 그분의 사랑을 의미합니다. 하느님께서 나를 환히 아신다는 것은 그렇게 구석구석 나를 아시며 그만큼 나를 사랑하신다는 것입니다. 그래서 시편 139장의 7절부터 10절까지에서 또 이렇게 고백합니다.

"당신의 얼을 피해 어디로 가겠습니까?

당신의 얼굴 피해 어디로 달아나겠습니까?

제가 하늘로 올라가도 거기에 당신 계시고 저승에 잠자리를 펴도 거기에 또한 계십니다.

제가 새벽노을의 날개를 달아 바다 맨 끝에 자리 잡는다 해도 거기에서도 당신 손이 저를 이끄시고 당신 오른손이 저를 붙잡으십니다."

우리가 어디를 가든지 하느님 사랑의 손길이 우리를 꼭 붙잡고 계십니다.

누가 이렇게 우리를 사랑합니까

누가 우리를 이렇게 사랑합니까? 요한 묵시록에는 우리를 이렇게 사랑하시는 주님의 이야기가 나옵니다. 그분은 우리 마음의 문 밖에서 문을 두드리시면서 우리가 그분께 마음의 문을 열어 주기를 기다리십니다.

"보라, 내가 문 앞에 서서 문을 두드리고 있다. 누구든지 내 목소리를 듣고 문을 열면, 나는 그의 집에 들어가 그와 함께 먹고 그 사람도 나와 함께 먹을 것이다."(묵시 3, 20)

주님은 이렇게 우리를 기다리고 계십니다. 주님께서는 우리가 당신께 마음을 열 때까지 우리 마음의 문 앞에 서서 이렇게 간절하게 호소하고 계십니다. 그러니 우리는 오늘 더욱 진실한 마음으로 그분께 모든 것을 다 맡기고 기도합시다.

첫째 날 제가 여러분과 대화를 시작하면서 성인이란 하느님의 사랑을 믿는 사람이라고 말씀드렸습니다. 그렇습니다. 우리를 사랑하시는 하느님의 그 사랑을 믿고 산다면, 그것이 정말 성인이 되는 길입니다. 성녀 소화 데레사를 보십시오.

소화 데레사 성녀가 쓴 글에서 "나는 교회 안에서 사랑이 되겠다"라는 구절이 나옵니다. 소화 데레사 성녀는 작고 보잘것없는 자기가 교회를 위해서 무엇을 할 수 있을 것인가에 대해 줄곧 생각하였습니다. 하지만 코린토 신자들에게 보낸 첫째 서간 12장에 나오는 것처럼 어떤 이는 사도가 되고, 어떤 이는 교사가 되고, 어떤 이는 기적을 행하는 은혜를 받고, 어떤 이는 방언의 은혜를 입는데 이 모든 것이 자기에게는 맞지 않는다는 것을 깨닫게 됩니다. 그러다가 마지막으로 사랑을 발견하고, '바로 이것이다. 내가 할 수 있는 것은 사랑이다. 나는 교회의 사랑이 되겠다'고 결심합니다. 그분은 정말 하느님의 사랑을 믿었습니다. 그렇기 때문에 '내가 비록 세상 모든 죄를 다 지었다고 할지라도 나는 하느님의 사랑 때문에 두려워하지 않겠다. 내 죄가 아무리 크다고 하여도 하느님의 사랑의 용광로에서는 한 방울의 물에 불과하다'고 고백하였습니다.

소화 데레사 성녀의 고백은 사도 바오로의 말씀 즉 '죄가 많은 곳에 은총이 풍부하다'와 같은 의미라고 할 수 있습니다. 그러나 사도 바오로는 이 말씀을 하면서 그렇다고 우리가 더욱 죄를 짓자는 말은 아니라고 강조합니다. 오히려 하느님의 사랑을 믿으면 믿을수록 우리는 사랑하는 하느님의 마음을 상하지 않게 하기 위해서도 죄에서 더욱 멀어질 것입니다. 이것을 생각하면서 사랑으로 주님과 하루를 지내도록 합시다.

둘째 날

| 오후 |

손바닥에 내 이름을 새기다

성부와 성자와 성령의 이름으로 아멘.

자비로우신 주 하느님 오늘 이 시간 저희와 함께하여 주시고,

수님의 성령으로써 저희 눈을 밝혀 주시고,

주님께서 저희에게 베푸신 한량없는 사랑을

깊이 깨달을 수 있게 하소서.

우리 주 그리스도를 통하여 비나이다.

아멘.

이사야서 49장 15절 말미에 이런 말씀이 있습니다. "설령 여인들은 잊는다 하더라도 나는 너를 잊지 않는다." 그리고 이어서 "보라, 나는 너를 내 손바닥에 새겼고…"라고 말씀하십니다. 이 대목

을 "나는 너의 이름을 내 두 손바닥에 새겨 두었다"라고도 번역합니다. 같은 뜻을 좀 다르게 말한 것 같습니다.

'너는 나의 손바닥에 새겨져 있다.'

'너의 이름은 나의 손바닥에 새겨져 있다.'

이 말씀을 잘 새겨 보면, 결국 하느님께서는 나를 보지 않고서는 당신 손을 보실 수 없다는 말입니다. 이렇게까지 우리가 그분 가까이 있고, 이렇게까지 하느님께서 우리를 사랑하신다는 것이지요. 히브리 사람들은 이름을 안다는 것에 특별한 의미를 부여하는데, 남편이 자기 아내를 알고 있다는 것과 같은 의미라고 합니다. 그렇다면 하느님께서 내 이름을 당신 손바닥에 새겨 두셨다고 하는 것은 사랑하는 남편이 자기 아내를 알듯이 깊은 사랑으로 나를 알고 계신다는 뜻이 됩니다.

이제 우리는 오전 대화에 이어서 하느님과 나의 관계에 대해서 다시 생각해 보게 됩니다.

하느님과 나의 관계는 단지 창조주와 피조물의 관계, 주인과 종의 관계가 아닙니다. 그것은 부모와 자식 간의 관계나 또 어떤 연인 사이와도 비길 수 없는 깊은 사랑의 관계입니다. 하느님께서는 어떻게 이렇게까지 나를 사랑하시는가? 이미 말씀드린 대로, 그분이 친히 나를 의식하고 나를 지극한 사랑에서 지으셨기 때문입니다. 그래서 다시 시편 139장을 보면 13절부터 14절까지에서 이렇게 고백합니다.

"정녕 당신께서는 제 속을 만드시고 제 어머니 배 속에서 저를 엮으셨습니다. 제가 오묘하게 지어졌으니 당신을 찬송합니다. 당신의 조물들은 경이로울 뿐. 제 영혼이 이를 잘 압니다."

여러분은 자기 자신의 존재 사실에 대해서 이런 경이로움을 느껴 본 적이 있습니까? 우리 자신의 존재는 물론이고, 우리의 이목구비를 자세히 살펴보면 어느 것 하나 참으로 놀랍지 않은 게 없습니다.

우리가 아는 지식의 총체는 한 방울의 물에 불과합니다

여담입니다만, 예전에 대전세계박람회가 개최되었을 때 전시장 안에 바티칸관이 설치되었습니다. 그 행사의 취지 중 하나가 과학기술의 진흥이었기 때문에 최첨단 과학기술이 소개되었는데, 그 자리에 바티칸관이 있다는 것을 많은 사람들이 의아하게 생각했습니다. 저도 처음에 바티칸관이 거기 있어야 된다는 말을 들었을 때, 우리가 첨단 과학기술과 무슨 연관이 있다고 그 행사에 참여하는가 하고 의아하게 생각했습니다. 이제는 교회 밖에 있는 사람들도 '가톨릭' 하면 오히려 과학기술의 발전에 반대해 온 세력과 같이 생각하고, 그 대표적인 사례로 갈릴레오를 꼽곤 하는데, 그런 교회를 대표하는 바티칸이 한자리를 차지한다는 것을 참 이상하게 생각했던 것입니다.

그렇지만 첨단 과학기술이 있는 곳에는 하느님께서 계실 자리가 없다고 누군가 말한다면 과연 타당한 말이겠습니까? 오히려 '첨단 과학기술이 있는 곳에는 하느님께서 계실 자리가 정말 없는 것일까?' 하고 되묻는다면 그 대답은 '그렇지 않다'고 해야 할 것입니다. 어디든지 하느님의 자리는 분명히 있어야 하고, 또 오늘날 과학자들이 하느님의 현존을 인식할 때 오히려 과학 발전은 더욱 건전해질 수 있을 것이라고 생각합니다.

오늘날 첨단 과학기술의 총아는 바로 정밀한 컴퓨터라고 할 수 있습니다. 그런데 이 컴퓨터는 인간의 두뇌를 흉내 낸 것에 불과합니다. 무엇보다도 그런 첨단기술을 만들어 낸 것이 과연 누구입니까? 바로 인간이고, 인간의 두뇌입니다. 그리고 인간의 두뇌를 주신 분은 바로 하느님입니다. 과학기술을 낳게 한 것이 인간이고, 그 인간을 낳으신 분이 하느님이라고 한다면, 기술이 아무리 발전하였다고 하더라도 거기에는 하느님께서 계실 자리가 있어야 하는 것입니다. 오늘날 기술 문명이 아무리 발전했다 하더라도 인간은 두뇌 자체를 인공적으로 만들어 내지 못합니다. 못할 뿐 아니라, 그것은 거의 불가능하답니다.

『사이버네틱스(Cybernetics)』라는 책의 서문에 그에 관한 내용이 나옵니다. 영국의 유명한 신경물리학자는 인간의 두뇌를 만들어 내는 것은 절대 불가능하다면서 "인간 두뇌의 모사품을 만드는 데 소요되는 전자세포만 해도 최소한 100억 개가 들어갈 것이고, 그 다음에 그 세포들을 나열하는 데 필요한 공간은 350세제곱킬로미터, 즉 넓이도 350킬로미터, 길이도 350킬로미터, 높이도 350킬로미터인 공간이 필요하다"고 합니다. 다시 말해서 그런 공간이 있어야 인간 두뇌를 나열할 수 있다는 것입니다. 그리고 거기에 따르는 신경구조를 이루는 철심이 또한 수백 킬로미터나 필요하고, 그것을 작동하는 데는 자그마치 100억 와트의 전력이 필요할 것이라고 덧붙입니다. 이쯤 되면 인간의 두뇌라는 것이 참으로 엄청난 것이라는 사실을 새삼 깨닫게 됩니다.

세상을 지으신 하느님께서 '세상을 지배하라'고 말씀하심으로써 인간은 세상을 지배할 수 있는 머리를 가지게 되었고, 그 능력은 하느님께서 친히 지으신 우주의 신비도 벗길 수 있을 정도입니다. 그렇다면 인간이 과학기술을 발전시켜 그런 정밀한 컴퓨터를 만들어 냈다고 하더라도 그것은 분명 놀라운 일이기는 하지만, 그 인간의 두뇌를 지으신 하느님, 인간 자체를 존재케 하시는 하느님, 또 인간이 벗겨도 벗겨지지 않는 우주의 신비를 낳으신 하느님께 비길 수는 없습니다.

파스칼(Blaise Pascal, 1623~1662, 프랑스의 수학자 · 물리학자 · 철학자 · 종교사상가)은 이렇게 말했습니다. "인간이 아는 지식의 총체는 알아야 할 지식의 대양에 비하면 한 방울의 물에 불과하다." 그렇다면 우리 역시 시편 139장을 지은 사람처럼 다시 한 번 내가 존재한다는 경이로움, 하느님께서 하신 일의 놀라움을 깊이 느끼지 않을 수 없습니다. 그리고 '이 모든 신비들, 그저 하느님께 감사합니다!'라고 찬미의 노래를 불러야 할 것입니다.

나보다 더 내 가까이에 계십니다

첫째 날 오전의 대화를 끝낼 때 인용한 구상 시인은 「말씀의 실상」이라는 시에서 이렇게 말합니다.

영혼의 눈에 끼었던 무명의 백태가 벗겨지며,
나를 에워싼 만유일체가 말씀임을 깨닫습니다.
노상 유심히 보아 오던 손가락이 열 개인 것도
이적에나 접하듯 새삼 놀라웠고,

창 밖 울타리 한구석 새로 피는 개나리꽃도
부활의 시범을 보듯 사뭇 황홀합니다.
창창한 우주 모래알보다도 작은 내가,
말씀의 그 신령한 은혜로 이렇게 오물거리고 있음을
상상도 아니고, 상징도 아닌 실상으로 깨닫습니다.

구상 시인은 시편 139장을 지은 사람처럼 어느 날 갑자기 자기 자신이 정말 존재한다고 깨닫고 놀라서 손가락을 살펴보고는 새삼스레 손가락이 열 개가 있다는 것—어떻게 이렇게 열 개가 있는가—부터 시작해서 만유일체가 하느님의 말씀에서 나왔다는 것을 깊이 깨달았다고 말하고 있습니다.

시편 139장은 이렇게 이어집니다. "제가 남몰래 만들어실 때 세가 땅 깊은 곳에서 짜일 때 제 뼈대는 당신께 감추어져 있지 않았습니다."(15절) 그리고 "제가 아직 태아일 때 당신 두 눈이 보셨고 이미 정해진 날 가운데 아직 하나도 시작하지 않았을 때 당신 책에 그 모든 것이 쓰였습니다."(16절) 여기에서 밝히고 있는 것처럼, 참으로 하느님께서는 내 존재, 내 생명, 내 인격의 근원이시고 바탕이십니다. 그 하느님께서 나를 지어 주셔서, 나를 사랑하셔서 비로소 '나'는 '나'일 수 있고, 존재할 수 있고, 또한 살아갈 수 있습니다. 성 아우구스티누스는 그런 하느님에 대해 묵상하고 이렇게 말했습니다. "하느님께서는 나 자신보다 나에게 더 가까이 계시는 분이시다."

하느님께서는 사실 나 자신보다도 나에 대해 더 잘 아십니다. 나보다 더 먼저 나를 아시고, 또 영원으로부터 아시니까 더 깊게 아시고, 더 자세히 아시고, 더 완전히 나에 대해서 알고 계십니다. 나 자신은 나를 완전히 모릅니다. 어느 누구도 자기 자신을 완전히 알지 못합니다. 그러나 하느님께서는 우리 한 사람 한 사람을 속 속들이 다 아십니다. 나의 마음도 정신도 육체도 오장육부와 뼈 마디마디도 다 아십니다. 성 아우구스티누스의 말씀처럼, 참으로 하느님은 나 자신보다도 나에게 더 가까이 계시는 분입니다. 그러니까, 시편 139장의 말씀처럼, 우리가 과연 하느님의 얼을 떠나서 어디로 갈 수 있겠습니까?

"제가 새벽노을의 날개를 달아 바다 맨 끝에 자리 잡는다 해도 거기에서도 당신 손이 저를 이끄시고 당신 오른손이 저를 붙잡으십니다." (시편 139, 9-10)

나를 꼭 붙드시는 그 손, 그것은 참으로 사랑 자체이신 하느님의 손입니다. 나의 일거수일투족을 감시하는 손이 아니고, 사랑으로 나를 잡아 주시는 어머니의 손과 같은 하느님의 손입니다.

하느님의 사랑을 마셔야 다른 사람을 사랑할 수 있습니다

신약성경 요한의 첫째 서간 4장은 "사랑은 하느님에게서 오는 것"
(7절)이라고 말합니다. 또 하느님은 사랑이시라는 말씀이 있습니
다. 그러니까 사랑의 줄기가 하느님께로부터 오는 것이죠. 우리는
하느님의 사랑의 줄기에서 나왔고, 물줄기 같은 그 사랑을 우리가
마실 때 우리도 다른 사람을 사랑할 수 있는 것입니다. 요한의 첫
째 서간에서는 또 하느님께서 얼마나 우리를 사랑하시는지를 말
한 다음, "우리가 하느님을 사랑한 것이 아니라, 그분께서 우리를
사랑하시어"(10절)라고 바로잡습니다. 물론 하느님께 향한 우리의
사랑도 중요합니다. 계명 중에 제일 중요한 첫째 계명이 "마음을
다하고 힘을 다하고 정성을 다해서 너희 주 하느님을 사랑하라"는
것이기 때문입니다. 그러나 그 중요한 계명, 하느님께 대한 우리의
사랑보다 더 중요하고 결정적인 것은 우리에게 향한 하느님의 사
랑입니다. 왜냐하면 이 사랑에 의해서 우리가 존재하고, 우리가 구
원되며, 영원한 생명을 얻을 수 있기 때문입니다.

하느님은 참으로 사랑 자체이시고 완전한 분이시기 때문에 하
느님께서 우리를 사랑하신다는 것은 100퍼센트 진짜 사랑하시는
것입니다. 우리가 누구를 사랑한다 해도 100퍼센트 완전한 사랑
을 하지는 못합니다. 사랑을 통계 수치로 잴 수 있다면, 많이 사랑

할 때는 50퍼센트 정도라는 식으로 말이죠, 연애를 하고 있는 연인들이 막 불타서 어찌할 바를 모를 만큼 사랑할 때 아마 자기들은 100퍼센트가 넘는다고 생각할지 모르겠습니다. 그때는 아주 사랑에 미쳐 버렸으니까 100퍼센트가 넘는 것처럼 느끼는데, 그것은 얼마 가지 못합니다. 그러나 하느님의 사랑은 정말 완벽하기 때문에 100퍼센트, 우리를 정말 100퍼센트 사랑하십니다. 그렇기 때문에 믿음이라는 것은 바로 이러한 하느님의 사랑을 믿는 것이라고 할 수 있습니다.

개신교 신학자 가운데 폴 틸리히(Paul Tillich, 1886~1965)라는 분은 '믿음이 무엇이냐?'라는 질문에 대해 "내가 사랑을 받고 있다는 것을 받아들이는 용기(The courage to accept the acceptance)"라고 답했습니다. 우리는 자주 '하느님께서 과연 부족한 나를 정말 사랑하실까?' 하고 궁금해합니다. 그래서 정말 마음에 들 만큼 거룩한 사람이 되어야만 하느님께서 나를 사랑하실 것이라고 생각합니다. 그런데 하느님의 사랑은 그렇지 않습니다. 만일 우리가 성덕이 뛰어난 성인이 되어야만 하느님께서 우리를 사랑하신다면 아마도 우리 중 아무도 죽을 때까지 하느님의 사랑을 받지 못할 것입니다. 왜냐하면 어떠한 사람도 완전한 하느님께 인정을 받을 수 있는 완벽한 성인은 결코 될 수 없을 것이기 때문입니다. 하느님께서는 우리의 못난 모습, 부족함을 다 아시면서도 우리를 사랑하시고 받아

주시고 인정해 주십니다.

믿음은 하느님의 사랑에 완전 투항하는 용기입니다

그러면 왜 '용기'라고 했을까요? 하느님의 사랑을 믿을 뿐인데 거기에 무슨 용기가 필요할까요? 그것은 그 사랑의 손에 자기를 완전히 내어 맡기는 것이기 때문입니다. 하느님 사랑의 손은 우리가 측량할 수도 없는 깊은 심연과 같습니다. 그 끝을 모르는 심연과 같은 것이 하느님의 사랑인데, 그러한 깊고 깊은 하느님 사랑의 바다에 자기를 완전히 내맡기는 것, 그러니까 하느님의 사랑을 믿는다는 것은 이처럼 하느님께 완전히 투항하는 것을 필요로 합니다. '완전 투항(total surrender)'이라고 하니까 왠지 전체주의적 느낌이 들지만, 영성 생활에서 가끔 언급되는 표현입니다.

이에 대해 어떤 분이 이러한 비유를 들었습니다. 믿음이란 아주 높은 곳에 올라가서, 우리 같으면 63빌딩 꼭대기에 올라가서 아무 것도 보이지 않는 저 아래에서 들려오는 '나를 믿고 뛰어내리라'는 소리에 몸을 던지는 그러한 용기라고 말입니다. 믿음이란 이처럼 캄캄한 어두움 속에, 하느님 사랑의 깊은 바닷속에 모든 것을 그분께 맡기고 뛰어내리는 것을 말합니다.

첫째 날 대화를 시작할 때 제가 그랬죠. '하느님 저에게 믿음을 주십시오. 저에게 믿음을 주십시오' 하는 기도를 예전보다 더 자주 하게 된다고. 왜냐하면 아무리 살펴봐도 그분께 자신을 내맡기는 그런 신뢰가 내 안에 있는 것 같지 않기 때문입니다. 그래서 자꾸 어떤 증거를 요구하면서 뭔지 모르게 하느님을 완전히 믿지 못하고 살아가곤 합니다. 하지만 하느님께서 우리를 무조건 사랑하시듯이, 우리도 그분의 무조건적인 사랑을 믿고 거기 완전히 투항하는 용기가 확실히 필요합니다.

✛

셋째 날

하느님께서 먼저
인간을 찾아 나서다

"산들이 밀려나고 언덕이 흔들린다 하여도 나의 자애는 너에게서 밀려나지 않고 내 평화의 계약은 흔들리지 아니하리라."

셋
째
날

| 오전 |

내 안에 늘 계시거늘

하느님께서는 우리 인간을 사랑으로 창조하시고 사랑으로 구원하십니다. 이것은 우리 인간에 대한 하느님의 사랑이 참으로 절대적이요, 조건이 없다는 의미입니다. 그런데 이러한 하느님의 사랑에 대해서 우리 인간은 어떻게 응답하였습니까? 하느님께서 원하시는 것은 우리 인간이 자유의사로써 당신의 사랑에 사랑으로 응답하는 것뿐이건만, 첫 인간 아담과 하와로부터 오늘의 우리에 이르기까지 거의 대부분의 인간은 하느님의 사랑에 대해 배은망덕과 배신으로써 응답했다고 할 수 있습니다.

우리는 아담과 하와가 어떻게 하느님의 뜻을 거슬렀는지, 어떻게 하느님의 눈을 피했는지 하는 이야기를 창세기에서 보고 잘 알고 있습니다. 그들이 악마의 유혹에 빠져 지은 죄의 핵심은 하느님과 같이 되고자 하는 것이었습니다.

이처럼 하느님의 뜻을 거슬러서 죄를 짓기 전, 악마가 유혹을 할 때 하와에게는 모든 것이 아주 그럴 듯하게 보였습니다. 성경에 의하면, 그 과일이 아주 먹음직스럽게 보여서 그것을 먹기만 하면 하느님과 같이 될 것 같았습니다. 그래서 범죄를 저질렀는데, 곧 자기들이 알몸이라는 것, 자기들이 하느님과 같이 되기는커녕 하느님을 거슬렀고, 그럼으로써 스스로 하느님을 떠났으며, 하느님 없이는 정말 아무것도 아니라는 것을 깊이, 또 어떤 의미로 늦게 깨닫게 됩니다. 그래서 그들은 하느님께서 동산을 거니시는 소리를 듣고서 몸을 피했습니다.

이와 같이 사랑을 배신하는 죄는 사랑의 관계를 끊어 버립니다. 이 죄로 인해 하느님과 인간의 친교가 단절되었을 뿐만 아니라 인간과 인간 사이, 인간과 자연 사이의 모든 관계가 무너졌습니다. 그래서 인간은 하느님의 면전을 피하여 숨었습니다. 부끄럽고 두려웠기 때문입니다. 그러나 이런 아담과 하와를 하느님께서는 그냥 버려두지 않으셨습니다. 하느님께서는 '아담아, 너 어디 있느냐' 하시면서 아담을 찾아 나서셨습니다. 하느님께서 먼저 인간을 찾아 나서신 것입니다.

하느님께서 아담을 찾아 나서신 것은 그를 벌주시기 위해서만이 아니었습니다. 오히려 그들을 그들이 범한 죄로 말미암아 초래한 죽음에서, 그 죽음의 어두움에서 구원해 내시기 위해서였습니다. 우리는 이 찾으심에서 하느님의 자비와 용서, 사랑을 다시금 살필 수 있습니다. 언제나 그렇습니다, 찾으시는 분은 하느님이십니다. 지금도 그러십니다. 우리는 가끔 내가 하느님을 찾고 있는데도 하느님께서는 좀처럼 나에게 답을 주시지 않는다고 생각합니다. 그러나 사실은 그 반대입니다. 찾으시는 분은 하느님이십니다. 답해야 할 쪽은 하느님이 아니라 우리 자신입니다.

기도에 대해 설명하면서 인용했던 철학자 키르케고르는 하느님과의 이런 관계에 대해 묵상하고 나서 이렇게 기도하였습니다.

"오! 하느님, 당신이 우리를 먼저 사랑하셨습니다. 우리는 그것을 역사적인 말로 표현하여 마치 당신이 지 태초에 오직 한 번 먼저 사랑하신 것처럼 생각합니다. 그러나 사실 당신은 끊임없이 거듭거듭 우리를 먼저 사랑하셨고, 매일 그러하시며, 평생을 통하여 그러하십니다. 아침에 잠에서 깨어 우리의 영혼을 당신께로 향하게 하면 당신은 이미 거기 와 계십니다. 당신은 먼저 사랑하셨습니다. 제가 만일 첫새벽에 일어나서 그 즉시 기도하여 제 영혼을 당신께 향하게 한다 해도 당신은 저보다 앞서 이미 와 계십니다. 낮에 생각 중에 분심(分心)을 물리치고 저의 영혼을 당신께로 돌리면 당신은 그 자리에 먼저 계십니다. 언제나 그러하십니다. 그럼에

도 우리는 언제나 당신의 사랑을 잊고 마치 당신이 처음에 한 번
만 먼저 사랑하신 것처럼 말합니다."

이미 오래전부터 내 안에 계셨습니다

성 아우구스티누스는 『고백록』에서 '자기가 그렇게 애써 찾았던
그 하느님께서 이미 자기 안에 벌써 먼 옛날부터 와 계셨다는 것
을 자기 영혼의 눈이 열리고서야 깨달았다'고 고백합니다.

"늦게야 님을 사랑했습니다. 이렇듯 오랜, 이렇듯 새로운 아름
다움이시여! 늦게야 당신을 사랑했습니다. 내 안에 님이 계시거늘
나는 밖에서, 내 밖에서 님을 찾아 당신의 아리따운 피조물 속으
로 더러운 몸을 쑤셔 넣었사오니, 님은 나와 같이 계셨건만 나는
님과 같이 아니 있었나이다. 당신 안에 있지 않으면 존재조차 없
을 것들이 이 몸을 붙들고 님에게서 멀리했나이다. 부르시고 지르
시는 소리로 절벽이던 내 귀를 트이시고, 비추시고 밝히사 눈멀음
을 쫓으시니 향내음 풍기실 제 나는 맡고 님 그리며, 님 한번 맛본
뒤로 기갈도 느끼옵고, 님이 한번 만지심에 끝없는 기쁨에 마음이
살리나이다."(고백록, 10권 27장)

여기서 "부르시고 지르시는 소리로 절벽이던 내 귀를 트이시고, 비추시고 밝히사 눈멀음을 쫓으시니"라고 한 것은 물론 하느님께서는 처음부터 그렇게 하고 계셨는데 그제야 내 귀가 열리고 내 눈이 뜨이게 되었다는 의미입니다. 이미 오래전부터 내 안에 계시면서 나를 찾으시고 부르시고 소리를 지르시고 빛으로써 내 눈을 밝혀 주시는 하느님을 늦게야 깨닫게 되었다는 것이지요. 둘째 날 대화에서 인용했던 구상 시인의 「말씀의 실상」에서 "영혼의 눈에 끼었던 무명의 백태가 벗겨지며, 나를 에워싼 만유일체가 말씀임을 깨닫습니다" 하는 구절과 비슷한 내용입니다.

아무튼 아담과 하와가 죄를 짓고 나서 하느님의 눈을 피해 숨었지만 하느님께서는 오히려 그들을 찾으시고 죄지은 그들을 낙원에서 쫓아내셨습니다. 엄격히 말하면 하느님께서 쫓아내신 것이 아니라 죄와 함께 아담과 하와 스스로가 실낙원(失樂園)을 초래한 것입니다. 그러나 하느님께서는 그들을 벌하시는 말씀과 함께 구원의 약속을 하셨습니다. 그래서 하느님과 인간의 끊어진 사랑의 관계는 그 후 점진적으로 회복되어 갑니다. 그것이 이른바 구세사(救世史)입니다.

강함을 부끄럽게 하려고 이 세상의 약함을 선택하셨습니다

하느님께서 인간을 구원하시는 구원 사업은 아브라함을 부르시는 데에서 구체적으로 시작됩니다. 하느님께서 하란에 살던 이교도들 중의 한 사람인 아브라함에게 이렇게 말씀하셨습니다. "네 고향과 친족과 아버지의 집을 떠나, 내가 너에게 보여 줄 땅으로 가거라."(창세 12, 1) 아브라함은 하느님의 부르심에 즉시 믿음으로 답하고 자신의 집과 일가친척과 고향을 버리고 떠났습니다. 여기서도 먼저 부르시고 찾으시는 분은 하느님이십니다. 아브라함이 하느님을 찾은 것이 아니라 하느님께서 아브라함을 찾으시고 부르신 것입니다.

먼저 화해와 친교의 손을 내미시는 분은 하느님이십니다. 하느님의 사랑은 아브라함과의 관계 속에서 우정으로 나타납니다. 이사야서 41장 8절에서 하느님께서는 아브라함을 '나의 벗'이라고, '나의 벗 아브라함'이라고 부르십니다. 또 창세기 18장 17절에서 하느님께서는 소돔과 고모라를 벌하러 가시는 길에 아브라함의 집에 들렀다가 배웅을 받는데, "내가 앞으로 하려는 일을 어찌 아브라함에게 숨기랴?" 하시면서 아브라함에게 당신이 무엇 때문에 소돔과 고모라에 가시는지 그 속마음을 드러내 보이십니다. 이어서 아브라함과 하느님이 흥정을 하듯이, 의인이 50명이 있다면,

또 다섯을 줄여 45명 있다면 하는 식으로 10명까지 내려오는 그런 재미난 이야기가 나옵니다.

우리는 아브라함으로부터 시작하여 거기서 난 이스라엘 백성의 선택, 그 백성을 이집트의 종살이에서 구해 내시고 그들과 맺으신 하느님의 계약, 이스라엘 백성의 하느님께 대한 불충실과 배반, 이런 이스라엘 백성을 벌하시려다가도 하지 못하고 예언자들을 시켜 거듭거듭 당신께로 돌아오도록 촉구하시는 하느님, 마침내 결정적으로 그 백성과 우리를 구하시기 위해서 보내신 구세주의 탄생, 십자가와 부활, 성령 강림, 그리고 오늘에 이르는 새 이스라엘까지…, 즉 교회의 발자취를 파노라마처럼 눈앞에 전개시켜 볼 때 하느님께서 아브라함을 부르신 것은 참으로 엄청난 의미를 지녔다는 사실을 깨닫게 됩니다. 이것이야말로 참으로 새로운 역사의 장을 여는 것이었습니다. 저 멀리 새 하늘과 새 땅을 바라보면서 새로운 역사의 장을 여는 그런 의미의 부르심이었습니다. 그리고 우리 모두가 아브라함과 같은 부르심을 받았다고 볼 수 있습니다.

하느님께서 아브라함을 부르셨는데, 과연 아브라함에게는 구세사 안에서 역사적으로 대단히 중요한 의미를 지닌 그러한 부르심을 받을 만한 어떤 자격이 있었을까요? 성경에 보면 그가 이교도였다는 것과 자식이 없었다는 것 이외에 뚜렷하게 특기할 만한 사항은 없습니다. 인물이 잘났다든지 하는 어떤 장점이 있기 때문에 그를 뽑으신 것은 아니었습니다. 하느님께서는 본래 그런 것에 개의하시지 않습니다. 오히려 아브라함을 부르시면서 약속한 대로 그에게 후손이 많이 생겼고 그 후손은 당신의 백성으로 택함을 받았는데, 이때 즉 이스라엘 백성이 하느님의 백성으로 간택되었을 때에도 그것은 오로지 하느님의 사랑에 의해서였지 이 백성이 특별히 잘난 점이 있어서 그런 것은 아니었습니다. 신명기 7장 7절부터 9절까지에 이런 말씀이 있습니다.

"주님께서 너희에게 마음을 주시고 너희를 선택하신 것은, 너희가 어느 민족보다 수가 많아서가 아니다. 사실 너희는 모든 민족들 가운데에서 수가 가장 적다. 그런데도 주님께서는 너희를 사랑하시어, 너희 조상들에게 하신 맹세를 지키시려고, 강한 손으로 너희를 이끌어 내셔서, 종살이하던 집, 이집트 임금 파라오의 손에서 너희를 구해 내셨다. 그러므로 너희는 주 하느님께서 참하느님이시며, 당신을 사랑하고 당신의 계명을 지키는 이들에게는, 천대에 이르기까지 계약과 자애를 지키시는 진실하신 하느님이심을 알아야 한다."

사도 바오로 역시 코린토 신자들에게 보낸 첫째 서간 1장 26절부터 27절까지에서 비슷하게 말하였습니다.

"형제 여러분, 여러분이 부르심을 받았을 때를 생각해 보십시오. 속된 기준으로 보아 지혜로운 이가 많지 않았고 유력한 이도 많지 않았으며 가문이 좋은 사람도 많지 않았습니다. 그런데 하느님께서는 지혜로운 자들을 부끄럽게 하시려고 이 세상의 어리석은 것을 선택하셨습니다. 그리고 하느님께서는 강한 것을 부끄럽게 하시려고 이 세상의 약한 것을 선택하셨습니다."

아브라함을 부르신 것이나 이스라엘 백성을 당신 백성으로 택하신 것도 그 이유는 오직 하느님의 사랑에서였습니다. 결코 그들이 잘났거나 그들에게 공이 있어서 그런 것은 아니었습니다. 아브라함과 이스라엘 백성에 대한 사랑이자 동시에 그들을 통해서 구하시고자 한 모든 이를 향한, 그러니까 우리 인류 전체에 대한 사랑에서였습니다. 아브라함은 하느님의 부르심을 받고 그분을 전적으로 믿는 믿음으로 응답하였습니다. 그래서 하느님께서 분부하신 대로 모든 것을 버리고 떠났습니다.

믿음은 아무 말 없이 하느님의 명령을 따르는 것입니다

아브라함의 믿음에 대해 사도 바오로는 히브리인들에게 보낸 서간에서 이렇게 말합니다. "믿음으로써, 아브라함은 장차 상속 재산으로 받을 곳을 향하여 떠나라는 부르심을 받고 그대로 순종하였습니다."(11. 8) 이처럼 아브라함은 하느님께서 어디로 가라고 하는지도 모르는 상태에서 그대로 순종하였습니다. 오직 자기를 부르시는 하느님을 믿는 마음에서 그랬습니다. 그런 믿음이 있었기 때문에 같은 약속의 땅에서 같은 약속을 물려받은 이사악과 야곱과 함께 천막을 치고 나그네와 다름없는 생활을 하며 머물러 살았습니다. 천막 생활은 유목민의 생활이요 정처 없는 생활입니다. 그것은 세상 어떤 것에도 의지할 것이 없는 생활입니다. 그러나 그들에게는 의지하는 것이 있었고, 그것은 바로 하느님이었습니다.

이어서 히브리인들에게 보낸 서간 11장 17절을 보면, "믿음으로써, 아브라함은 시험을 받을 때에 이사악을 바쳤습니다. 약속을 받은 아브라함이 외아들을 바치려고 하였습니다." 이사악은 하느님께서 많은 후손의 아비가 되리라고 하신 말씀을 이루기 위해서는 꼭 필요한 존재였습니다. 이사악 하나뿐이었습니다. 그런데 이 하나뿐인 아들을 하느님께서는 바치라고 하시는 것이었습니다. 참으로 받아들이기 힘든 하느님의 명령이었습니다. 그러나 아브라함은 아무 말 없이 하느님의 명령에 따랐습니다. 왜냐하면 아브라함은 하느님께서는 죽었던 사람들까지 살리실 수 있다고 믿고 있었기 때문입니다. 또 로마 신자들에게 보낸 서간 4장 13절부터 25절까지에도 아브라함의 믿음에 대해 서술하고 있습니다. 여기서 바오로는, 아브라함이 의화(義化)된 것은 율법을 지켜서가 아니라 하느님께서 그의 믿음을 보시고 그를 올바른 사람으로 인정하셨기 때문이라고 말하고, 아브라함의 믿음을 의화를 위한 대표적인 예로 기술하고 있습니다. 그래서 아브라함은 우리 신앙의 조상, 모든 믿는 이들의 아버지입니다. 그의 믿음으로 인하여 그와 함께 믿는 모든 이들도 의화되었기 때문입니다. 여기서 아브라함의 믿음을 '신앙의 원형(prototypus)'이라고 하겠습니다.

그래도 불평하는 이스라엘 백성을 구원하셨습니다

그러면 아브라함의 신앙을 물려받은 그의 후손인 이스라엘 백성의 신앙은 어땠습니까? 하느님께서 이스라엘과 맺으신 계약은 이스라엘이 하느님을 믿고 충실히 따른다면 모든 면에서 축복을 받는다는 것이었습니다. 하느님께서는 이를 위해서 이집트에 있던 이스라엘 백성을 그 종살이에서 구해 내십니다. 모세를 부르시어 당신을 계시하시고 그를 지도자로 한 이스라엘을 젖과 꿀이 흐르는 땅으로 인도할 것을 약속하심으로써 말입니다. 여기서도 핵심이 되는 것은 하느님께 대한 믿음입니다.

히브리인들에게 보낸 서간의 사도 바오로에 의하면, 모세는 보이지 않는 하느님을 본 듯 확신을 가지고 행동했습니다. 그는 믿음으로 파라오 왕의 분노도 무서워하지 않고 이집트를 떠났습니다. 그러나 그가 인도한 이스라엘은 하느님의 수많은 은혜에도 불구하고 하느님께 충실하지 못하였습니다. 예를 들면, 하느님께서 당신의 강한 손으로 이스라엘 백성을 이집트에서 구출하셨고, 그들이 보는 앞에서 그들을 구하시고자 수많은 기적을 행하셨는데도 불구하고, 홍해를 건넌 지 불과 한 달 만에 굶주림과 목마름의 시련을 겪게 되자 이내 모세와 아론에게 불평을 터뜨렸습니다. "차라리 이집트 땅에서 하느님의 손에 맞아 죽느니만 못하다. 너희는 거기에서 고기 가마 곁에 앉아 빵을 배불리 먹던 우리를 이 광야로 데리고 나와 모조리 굶겨 죽일 작정이냐?"고 하면서 이스라엘은 거듭거듭 하느님께서 부르신 은혜를 망각하고 하느님을 마치 믿을 수 없는 존재인 양 행동했습니다. 심지어 모세가 시나이 산에서 하느님을 만나고 있던 중에는 아론까지 백성의 성화를 견디지 못했기 때문인지 금송아지를 만들어서 우상숭배를 함으로써 백성을 무마하려고 하였습니다.

이때 하느님께서는 진노하셨습니다. 배은망덕한 그들을 멸하고 싶다고 모세에게 당신의 심경을 털어놓으셨습니다. 그러나 모세로부터 "주님, 어찌하여 당신께서는 큰 힘과 강한 손으로 이집트 땅에서 이끌어 내신 당신의 백성에게 진노를 터뜨리십니까? 어찌하여 이집트인들이, '그가 이스라엘 자손들을 해치려고 이끌어 내서는, 산에서 죽여 땅에 하나도 남지 않게 해 버렸구나' 하고 말하게 하시렵니까?"(탈출 32, 11-12) 하는 간청을 들으시고, 곧 모세의 믿음과 성실을 보시고 하느님께서는 당신의 노여움을 거두십니다. 그러면서 다시 이스라엘과 계약을 맺으십니다. "주님은, 주님은 자비하고 너그러운 하느님이다. 분노에 더디고 자애와 진실이 충만하며 천대에 이르기까지 자애를 베풀고 죄악과 악행과 잘못을 용서한다. 그러나 벌하지 않은 채 내버려 두지 않고 조상들의 죄악을 아들 손자들을 거쳐 삼 대 사 대까지 벌한다."(탈출 34, 6-7)

하느님께서 주시는 사랑의 매는, 결국 그 매를 통해서 우리를 다시 당신께로 돌아서게 하기 위한 것입니다.

셋째 날

|오후|

계약을 맺다

성부와 성자와 성령의 이름으로 아멘.

자비로우신 주 하느님, 다시 이 시간 저희들과 함께하여 주시고

당신 사랑으로 저희들을 감싸 주시며

당신 빛으로 우리의 마음을 밝혀 주소서.

그리하여 저희에 대한 당신 사랑을

더욱 깊이 깨닫게 하여 주소서.

우리 주 그리스도를 통하여 비나이다.

아멘.

하느님께서는 이스라엘 백성과 계약을 맺으셨습니다. 물론 이 계약은 하느님께서 사람들과 맺은 첫 번째 계약은 아닙니다. 첫

번째 계약은, 여러분이 아시는 대로, 노아와 맺으셨습니다. 노아 시대에 하느님께서는 홍수를 내리시어 사람들을 다 없애시고 난 다음 후회하시지요. 노아한테 이제 다시는 이런 일이 없을 것이라고 약속하시면서 계약을 맺으시고, 그 증거로 무지개를 보여 주십니다. 아브라함과 그가 많은 후손의, 하늘의 별처럼 그렇게 많은 후손의 선조가 되리라는 약속을 하시면서 계약을 맺으셨습니다.

그런데 이스라엘 백성과 맺으신 계약은 앞의 계약보다 더 깊다고 할까요, 더 구체적이라고 할까요. 앞의 계약은 하느님 편에서 하시는 일종의 일방적 선언과 같다면, 이스라엘 백성과 맺으시는 계약은 그들이 이 계약에 충실해야 한다는 조건이 붙습니다. 그리고 그 계약의 핵심은 '나만이 참된 신이다. 내가 너희 신이다. 내가 신이며, 너희는 나의 백성이다. 너희는 내 말에 충실하여라. 그러면 너희는 복을 받으리라. 내가 너희와 함께 있고 너희를 약속의 땅에 인도해 줄 것이며 너희에게 구원의 복을 주리라. 그리고 너희를 이 세상 모든 민족 위에 가장 위대한 민족으로 높여 주겠다'는 말씀에 담겨 있습니다. 신명기 28장에는 아주 재미있는 표현이 나옵니다.

"너희가 주 너희 하느님의 말씀을 잘 듣고, 내가 오늘 너희에게 명령하는 그분의 모든 계명을 명심하여 실천하면, 주 너희 하느님께서 땅의 모든 민족들 위에 너희를 높이 세우실 것이다. 너희가 주 너희 하느님의 말씀을 잘 들으면, 이 모든 복이 내려 너희 위에 머무를 것이다. 너희는 성읍 안에서도 복을 받고 들에서도 복을 받을 것이다. 너희 몸의 소생과 너희 땅의 소출도, 새끼 소와 새끼 양을 비롯한 너희 가축의 새끼들도 복을 받을 것이다. 너희의 광주리와 반죽 통도 복을 받을 것이다. 너희는 들어올 때에도 복을 받고 나갈 때에도 복을 받을 것이다. (…) 너희의 곳간과 너희 손이 하는 모든 일에 복이 넘치게 하실 것이다. 이렇게 주 너희 하느님께서는 너희에게 주시는 땅에서 너희에게 복을 내리실 것이다."

(신명 28, 1-6, 8)

하느님께서 얼마나 이스라엘을 사랑하시면 이렇게까지 약속을 하시겠습니까! 그러나 하느님께서는 '언제든지 나만이 참으로 너희의 신이다. 내가 너희 하느님이다' 하고 강조하시면서 '너희는 다른 신을 예배해서는 안 된다. 나의 이름은 질투하는 신이다'(신명 6, 13-15 참조)라고 말씀하십니다. '질투하는 신'이라니 참으로 인간적인 표현입니다. '하느님께서는 과연 어떤 분이시고 인간이 무엇이기에 이렇게까지 표현하시는가?' 하는 생각이 듭니다.

그러나 이스라엘은 하느님께서 이렇듯이 간절한 마음으로 사랑하시고 또한 당신의 사랑에 사랑으로 응답하기를 원하시고 온갖 축복을 다 주시는데도 거듭거듭 불충실했습니다.

벌은 당신의 자비와 사랑을 깨닫게 하기 위한 것입니다

성경을 보면 하느님께서는 당신 백성이 너무나 깊이 죄에 빠지면 때로는 벌하시는데, 참으로 부득이한 경우로 그 목적은 당신 백성을 다시 당신께로 돌아서게 하는 것이었습니다. 당신의 자비와 사랑이 얼마나 깊은지를 이스라엘 백성이 깨닫도록 하기 위해서였던 것입니다. 예언자들을 거듭거듭 뽑아 보내셨던 것도 그래서였습니다. 예언자들은 자신이 맡은 사명 때문에 혹독한 박해를 받고 시련을 겪어야 했습니다. 그러나 예언자들은 박해를 받으면서도 하느님의 뜻을 이루는 기쁨으로 가득 차 있었습니다. 대표적인 예가 예언자로서 가장 고생을 많이 한 예레미야입니다.

예레미야는 처음에 예언자로 부름을 받았을 때 "아, 주 하느님 저는 아이라서 말할 줄 모릅니다"(예레 1, 6) 하고 거절합니다. 그러자 하느님께서는 "아이라고 말하지 마라" 하시면서 당신 말씀을 그의 입에 담아 주셨습니다. 그 때문에 예레미야는 말을 하면 그 말로 인해서 매를 맞고 박해를 받으면서도 또 하느님에 의해서 입에 담겨진 말을 안 할 도리도 없었습니다. 예레미야서 19장 *끄트*

머리부터 20장까지를 보면, 예레미야는 하느님께서 이스라엘이 범한 우상숭배의 죄 때문에 진노의 벌을 내리시리라는 예언을 해야 했고, 그 때문에 성전 사제 파스후르에게 잡혀서 매를 맞고 옥에 갇혔습니다. 하지만 예레미야는 다시 하느님의 분부를 받고 사제 파스후르에게 "주님께서 당신의 이름을 파스후르가 아니라 마고르 미싸빕이라 부르실 것이오. 주님께서 이렇게 말씀하셨소. '보라, 내가 너를 너 자신과 네 모든 친구들에게 공포의 대상이 되게 하겠다. 또한 네 친구들은 네가 지켜보는 가운데 원수들의 칼에 맞아 쓰러질 것이다. 내가 온 유다를 바빌론 임금의 손에 넘겨주리니, 그가 그 주민들을 바빌론에 유배시키고 그들을 칼로 죽일 것이다'"고 말하며, 그래서 망할 것이라는 하느님의 말씀을 전하지 않을 수 없었습니다.

예레미야는 하느님의 말씀 때문에 계속 고생을 하게 되자, 드디어 하느님께 불만을 드러냅니다. "주님, 당신께서 저를 꾀시어 저는 그 꾐에 넘어갔습니다. 당신께서 저를 압도하시고 저보다 우세하시니 제가 날마다 놀림감이 되어 모든 이에게 조롱만 받습니다. 말할 때마다 저는 소리를 지르며 '폭력과 억압뿐이다!' 하고 외칩니다. 주님의 말씀이 저에게 날마다 치욕과 비웃음거리만 되었습니다."(예레 20, 7-8) 예레미야는 자기 스스로 다짐을 하지요. "그분을 기억하지 않고 더 이상 그분의 이름으로 말하지 않으리라."(예레 20, 9)

하지만 스스로 그렇게 다짐을 하는데도 소용없었습니다. 그는 그 까닭이 뼛속에 갇혀 있는 주의 말씀이 심장 속에서 불처럼 타올라 스스로 견디지 못하고 말기 때문이라고 고백합니다.

여기서 우리는 예언자가 자기의 소임을 다하기 위해서 얼마나 고통을 겪어야 했는지 하는 것뿐만 아니라, 하느님께서 얼마나 더 크신 사랑의 손길로 당신의 예언자를 잡아 주시는지 알 수 있고, 동시에 또 얼마나 이스라엘 백성을 당신께로 돌아서게 하시려고 애간장을 태우셨는지 알 수 있습니다.

이보다 앞서서 열왕기 상권 18장에서 19장까지에 나오는 엘리야의 이야기를 아마 잘 아실 것입니다. 엘리야는 거짓 예언자들의 농락에 놀아난 아합 왕의 탈선으로 이스라엘 백성 전체가 7년여 동안 흉년의 고생을 당하자 거짓 예언자 450명과 갈멜 산에서 누가 진짜 예언자인지를 가리는 대결을 하게 됩니다. 결국 거짓 예언자가 아무리 많은 재물을 쌓아 놓고서 아침부터 저녁까지 온갖 짓을 다해도 그들의 예물은 하느님께 바쳐지지 않았는데, 엘리야가 바친 예물은 타지 못하도록 물을 갖다 붓고 또 붓고 해도 결국은 하늘에서 내려온 불에 타서 진짜 예언자임이 증명되었습니다. 그래서 엘리야가 450명의 거짓 예언자들을 죽였습니다. 그런데 그 소식을 아합 왕의 부인 이사벨이 듣고 엘리야에게 경고를 합니다. "내가 내일 이맘때까지 그대의 목숨을 그들의 목숨과 한가지로 만들지 못한다면, 신들이 나에게 벌을 내리고 또 내릴 것이오."
(1열왕 19, 2) 그래서 엘리야는 너무 두려워 급히 도망을 쳤습니다.

엘리야는 유다 브에르 세바에 이르러 시종을 남겨 두고 하룻길을 더 여행하여 거친 들로 나아갔고 싸리나무 덤불에서 하느님께 기도를 합니다. "주님, 이것으로 충분하니 저의 목숨을 거두어 주십시오. 저는 제 조상들보다 나을 것이 없습니다."(1열왕 19, 4) 이때 하느님께서는 공포와 불안에 사로잡혀 있던 엘리야와 함께 계시면서 그를 돌보아 주셨습니다. 기도를 바친 후에 지쳐 그 자리에서 잠이 든 엘리야를 두 번이나 하늘의 천사가 나타나서 깨우면서, "일어나 먹어라. 갈 길이 멀다"(1열왕 19, 7) 하고 먹고 마시게 하였던 것입니다.

당신은 인간에 대한 변함없는 사랑이십니다

예언자들은 하느님께 대한 믿음의 사람들이었으며, 하느님의 사랑과 진실의 증인들, 때로는 하느님의 사랑과 진실에서 드러내시는 하느님의 노여워하심의 증인이 되어야 했습니다. 그러나 노하심도 또 내리는 벌도 결국은 당신 백성을 당신께 대한 불신에서 신앙으로 회개시키기 위한 것이었기 때문에, 예언자들은 온 세상 모든 이 앞에 사랑 자체이신 하느님을 증거한 사람들인 것입니다. 그들 중 호세아 예언자를 통해, 이스라엘을 아들이나 딸같이 혹은 약혼녀나 신부, 아내같이 사랑하시는 하느님의 모습을 볼 수 있습니다.

하느님께서는 이스라엘을 아들이나 딸같이 혹은 약혼녀나 신부같이 사랑하시지만 이스라엘은 거듭거듭 불효막심한 자식 또는 부정한 아내밖에 되지 못합니다. 하느님께서는 아내인 이스라엘을 열정적으로 사랑하시고, 그를 아름답게 꾸미고 행복하게 만들기 위해서 온갖 정성을 다 들이시지만, 이 아내는 거듭 하느님을 배반합니다. 더 나아가 하느님께서 꾸며 준 그 아름다움을 미끼로 해서 오히려 몸을 파는 창녀가 됩니다. 이 때문에 남편이신 하느님께서는 괴로워하시고 벌하시고자 하지만 조강지처라 내쫓지는 못하는 그런 안타까움을 드러내 보이십니다. 여기서 다시 한 번 우리는 인간의 죄보다 하느님의 사랑이 더 크다는 것, 더 강하다는 것을 느낄 수 있습니다.

우리는 이같이 애끓는 하느님의 사랑을 호세아서 11장 1절부터 찾아볼 수 있습니다. "이스라엘이 아이였을 때에 나는 그를 사랑하여 나의 그 아들을 이집트에서 불러내었다. 그러나 내가 부를수록 그들은 나에게서 멀어져 갔다. 그들은 바알들에게 희생 제물을 바치고 우상들에게 향을 피워 올렸다. 내가 에프라임에게 걸음마를 가르쳐 주고 내 팔로 안아 주었지만 그들은 내가 자기들의 병을 고쳐 준 줄을 알지 못하였다. 나는 인정의 끈으로, 사랑의 줄로 그들을 끌어당겼으며 젖먹이처럼 들어 올려 볼을 비비고 몸을 굽혀 먹여 주었다."(호세 11, 1-4) 어머니 같은 극진한 사랑으로 못나고 어린 이스라엘, 고아처럼 버려진 이스라엘을 애써 키우고 온갖 사랑을 다 쏟았지만 그 사랑을 몰라본다고 한탄하십니다. 참으로 잘난 것 하나 없는 이스라엘을, 이집트에서 종살이하는 이스라엘을 무슨 까닭에서 그렇게 사랑하시고, 젖먹이를 곱게 길러 주시는 어머니처럼 사랑으로 길러 주셨을까요? 하느님께서 이렇게 이스라엘을 사랑하신 것은 그들의 조상 아브라함과 이사악과 야곱에게 하신 축복의 약속 때문이었습니다. 그리고 그들을 통해서 당신의 구원 사업을 실현시키고자 하는 뜻에서였습니다. 이렇듯 하느님께서는 당신의 약속에 성실하신 것입니다. 그런데도 이스라엘은 계속 배은망덕한 행동을 합니다.

호세아서 11장 8절과 9절에서 하느님께서 다시 이렇게 말씀하십니다. "이스라엘아, 내가 어찌 너를 저버리겠느냐? 내가 어찌 너를 아드마처럼 내버리겠느냐? 내가 어찌 너를 츠보임처럼 만들겠느냐? (아드마와 츠보임은 소돔과 고모라의 이웃 도시로 역시 죄가 커 멸망했던 곳입니다. 그런데 이런 소돔과 고모라와 같이 이스라엘을 만들 수가 없다는 뜻입니다.) 내 마음이 미어지고 연민이 북받쳐 오른다. 나는 타오르는 내 분노대로 행동하지 않고 에프라임을 다시는 멸망시키지 않으리라. 나는 사람이 아니라 하느님이다. 나는 네 가운데에 있는 '거룩한 이' 분노를 터뜨리며 너에게 다가가지 않으리라." 우리는 이 말씀을 통해서 우리에 대한 하느님의 애끓는 사랑을 확인할 수 있습니다.

그런데 하느님께서는 왜 마음을 고쳐먹었다고 하실까요? 이스라엘에게서 회개하는 기미가 보여서 그랬을까요? 아닙니다. 아닌데도 하느님께서는 마음을 고쳐먹었다고 말씀하십니다. 왜냐하면 하느님은 사랑이시고 자비 지극한 분이시기 때문에 그 사랑과 자비의 눈으로 이스라엘을 보고 죄 많은 상태가 너무나 불쌍해서 마음을 고쳐먹으신 것입니다. 이 말씀을 통해서 하느님께서 참으로 변함없는 사랑으로 이스라엘을, 곧 우리 인간을 사랑하신다는 것을 잘 알 수 있습니다.

호세아서 11장 8절의 말씀을 다시 보면, 하느님의 이스라엘에 대한 사랑은 이스라엘이 하느님을 거슬러 짓는 죄보다 더 크고 깊습니다. 즉 하느님의 인간에 대한 사랑은 인간이 하느님을 거슬러 짓는 죄보다 더 크고 강합니다. 여기에서 우리는 로마 신자들에게 보낸 서간 5장 20절, "죄가 많아진 그곳에 은총이 충만히 내렸습니다"라는 말씀을 상기하지 않을 수 없습니다. 하느님께서는 참으로 변함없는 사랑으로 이스라엘을 그리고 우리 인간을 사랑하십니다. "한결같은 사랑, 진실도 나의 선물"이라고 말씀하시듯이 하느님은 진실하십니다. 티모테오에게 보낸 둘째 서간 2장 13절의 말씀처럼 "우리는 성실하지 못해도 그분께서는 언제나 성실하시니 그러한 당신 자신을 부정하실 수 없기 때문입니다."

예수님은 하느님 사랑의 육화입니다

어떤 책에서 보니까, 진실은 히브리말로 에메트(emet)라고 하며 '하느님은 정말 진실하신 분'이라고 말할 때 쓰는데 라틴어에서 베리타스(veritas)로 번역되는 바람에 철학적 진리처럼 이해하게 되었다고 합니다. 요한 복음 8장 32절의 "진리가 너희를 자유롭게 할 것이다"라는 말씀은 결코 철학적 의미의 진리가 우리를 자유롭게 한다는 말은 아닐 것입니다. 여기서 진리는 말할 것도 없이 하느님의 진실한 사랑, 한결같은 사랑을 의미하고, 이런 하느님의 사랑이 우리를 자유롭게 하리라는 말씀입니다. 더욱 깊이 생각해 보면 예수님께서 "나는 길이요 진리요 생명이다"라고 말씀하실 때 예수님은 바로 그 하느님 사랑의 육화(incarnatio, 그리스도께서 사람이 되어 오신 것_편집자)인 것입니다. '하느님께서는 변함없는 사랑으로 우리를 사랑하신다'고 하신 그 사랑의 육화가 곧 예수 그리스도이십니다. 그런 의미로 예수님께서는 '나는 진리이다'라고 말씀하신 것이라고 생각합니다. 우리는 하느님의 변함없는 사랑의 육화이신 그리스도를 통해 참된 자유와 해방을 얻을 수 있습니다.

예언자들의 이야기를 계속 읽다 보면, 하느님께서 예언자들을 통해서 이스라엘과의 계약을 새롭게 하시고자 하는 뜻을 읽을 수 있습니다. 예레미아서 31장 3절과 4절에서 "주님께서 먼 곳에서 와 그에게 나타나셨다." 그리고 "나는 너를 영원한 사랑으로 사랑하였다. 그리하여 너에게 한결같이 자애를 베풀었다. 처녀 이스라엘아 내가 너를 다시 세우면 네가 일어서리라. 네가 다시 손북을 들고 흥겹게 춤을 추며 나오리라" 하고 말씀하십니다. 이처럼 이스라엘을 다시 새롭게 만들고자 하시는 하느님의 뜻은 더 나아가서 구원의 역사 속에서 새로운 계약을 예시하시는 말씀입니다.

또 예레미아서 31장 20절과 22절에서 "에프라임은 나에게 귀한 자식이요 귀여운 자식이 아니던가! 그에 대해 이야기할 때마다 더욱 그가 생각난다. 그러니 내 마음이 그를 가엾이 여기고 그를 몹시도 가여워하지 않을 수 없다." 그러니 "배반한 딸아 언제까지 헤매려느냐? 주님께서 세상에 새것을 창조하셨으니 여자가 남자를 쫓아다니는 것이다"라고 말씀하십니다. 여기서 다시 하느님께서는 당신의 그 사랑의 약속을 새롭게 하시려는 어떤 새로운 계약의 예시를 하고 계십니다.

이런 비슷한 내용이 에제키엘서 16장에도 나옵니다. 하느님께서는 이스라엘이 고아처럼 버려진 계집애였는데 데려다가 잘 키우고 정성을 다해 돌보았더니 예쁜 처녀로 자라 시집갈 나이가 되었으나, 오히려 아름답게 꾸며 주신 것을 미끼로 삼아 창녀처럼 몸을 팔았다고 호세아서와 비슷한 말씀을 하십니다. 그러면서도 에제키엘서 16장 60절에서는 "그러나 나는 네가 어린 시절에 너와 맺은 내 계약을 기억하고, 너와 영원한 계약을 세우겠다" 하시며 이미 이스라엘과 맺은 계약이 있는데 그것과 다른 의미로 이제 영원히 끊을 수 없는 계약을 맺겠다고 말씀하시는 것입니다.

특히 에제키엘서 36장 27절에서, 하느님께서는 이스라엘이 온갖 부정으로 인해 더럽게 된 몸과 마음을 깨끗이 씻어 주시겠다고 말씀하십니다.

"너희에게 새 마음을 주고 너희 안에 새 영을 넣어 주겠다. 너희 몸에서 돌로 된 마음을 치우고, 살로 된 마음을 넣어 주겠다. 나는 또 너희 안에 내 영을 넣어 주어, 너희가 나의 규정들을 따르고 나의 법규들을 준수하여 지키게 하겠다."

하느님께서는 이스라엘에게 은총과 사랑을 베풀고 성령을 부어 주심으로써 완전히 새 인간으로 만들어 주시겠다고 새롭게 약속하십니다. 그렇게 되면 새로운 이스라엘은 생명의 법을 따라 살

면서 참된 구원을 얻게 될 것이라고 말씀하십니다. 이처럼 하느님
께서는 이스라엘에게 거듭거듭 배반을 당하시면서 또다시 당신의
사랑을 새롭게 다짐하시는 그런 분이십니다.

까를로 까레또(Carlo Careto, 1910~1988, 이탈리아 출신의 샤를르 드 푸코의 작은
형제회 수사. 사막에서 관상을 통해 가난과 고독을 체험했으며 저서로는 『사막에서 온 편
지』, 『도시의 광야』 등이 있다_편집자)가 쓴 『주여 왜』라는 책에 이런 글귀가
있습니다.

"하느님께서 우리를 구원하시고자 작정하시면 하느님의 사랑은
무서운 것입니다. 왜냐하면, 하느님의 사랑은 우리를 없애 버리시
기보다는 차라리 산산조각을 내시고 짓이겨서라도 기어이 구원하
시고자 하십니다."

까를로 까레또 수사가 얼마나 재미나게 표현했는지 한번 보세
요. 하느님께서는 사랑하는 우리를 잃어버리시기보다는 우리를
짓이겨서라도, 산산조각을 내서라도 기어이 당신께로 돌아오도록
하고, 기어이 당신의 것으로 만들겠다는 작정으로 사랑을 하신다
고 하였습니다. 이 얼마나 크신 사랑입니까? 그래서 이사야서 54
장 10절에서 이렇게 말씀하시지요.

"산들이 밀려나고 언덕들이 흔들린다 하여도 나의 자애는 너에게서 밀려나지 않고 내 평화의 계약은 흔들리지 아니하리라."

산들이 밀려나고 언덕들이 무너지면 어떻게 됩니까? 천재지변도 보통 천재지변이 아니지요. 이런 일이 실제로 일어난다고 그러면 모두 다 세상 종말이라고 할 것입니다. 그런데 하느님께서는 그런 무서운 일이 일어날지라도 당신의 사랑은 결코 우리를 떠나지 않는다고 다짐해 주십니다. 이것은 하느님께서 우리에게 그같이 아주 무서운 경험을 시켜서라도, 산들이 밀려나고 언덕들이 무너지는 그런 무서운 경험을 시켜서라도, 그래서 거기서 산산조각이 나더라도 기어이 우리를 구할 만큼 결코 그 사랑을 거두지 않으실 것이라는 의미입니다. 도대체 우리 인간이 무엇이기에 하느님께서는 이렇게까지 사랑하시는 것일까요? 어떤 의미로 죽기까지 우리 인간을 사랑하시는 것일까요?

☦

넷
째
날

당신과 같이 만들기 위해서

왜 하느님께서는 인간을 사랑하십니까? 우리를 구원하시어 당신의 자녀로
만들고, 당신의 아들 그리스도를 닮은 존재로 만들어 우리가 하느님의 사랑
으로 영원히 살 수 있게 하기 위해서입니다.

넷째 날

| 오전 |

인간이 존엄한 이유

성부와 성자와 성령의 이름으로 아멘.

자비로우신 주 하느님!

오늘 저희에게 이 귀한 시간을 주심에 감사드리오며

이 시간을 통해서 주님께서 저희에게 쏟으시는 한없는 사랑을

깊이 묵상할 수 있게 해 주소서.

우리 주 그리스도를 통해 비나이다.

아멘.

지금까지는 하느님의 인간에 대한 사랑, 특별히 구약시대를 통해 드러나는 하느님의 사랑에 대해 말씀 드렸습니다. 아브라함과 모세에서 시작하여 출애굽 사건, 예언자와 바빌론 유배를 통해 하

느님의 사랑은 계시되었습니다. 하느님의 사랑은 그들을 떠난 적이 없었습니다. 셋째 날 인용한 이사야서 54장 10절, "산들이 밀려나고 언덕들이 흔들린다 하여도 나의 자애는 너에게서 밀려나지 않고 내 평화의 계약은 흔들리지 아니하리라"는 말씀 그대로였습니다. 구약성경 전체가 하느님의 자비와 사랑의 이야기로 가득 차 있는 것입니다. 또한 하느님께서는 이미 예언자들을 통해 말씀하신 대로 새로운 계약을 맺고 당신의 구원 사업을 실현해 나가셨습니다. 구약성경 예레미야서에 새 계약에 대한 이야기가 나옵니다.

"보라, 그날이 온다. 주님의 말씀이다. 그때에 나는 이스라엘 집안과 유다 집안과 새 계약을 맺겠다. 그것은 내가 그 조상들의 손을 잡고 이집트 땅에서 이끌고 나올 때에 그들과 맺었던 계약과는 다르다. 그들은 내가 저희 남편인데도 내 계약을 깨뜨렸다. 주님의 말씀이다. 그 시대가 지난 뒤에 내가 이스라엘 집안과 맺어 줄 계약은 이러하다. 주님의 말씀이다. 나는 그들의 가슴에 내 법을 넣어 주고, 그들의 마음에 그 법을 새겨 주겠다. 그리하여 나는 그들의 하느님이 되고 그들은 나의 백성이 될 것이다."(예레 31, 31-33)

이제 구약의 시대는 끝나고 신약의 시대가 열리게 됩니다. 신약의 새 계약은 본래 하느님의 아들이면서도 당신을 비우시고 낮추시어 사람이 되어 오신 그리스도께서 당신 자신을 새로운 계약의 제물로 또 속죄의 제물로 바치심으로써 맺어집니다. 다시 말해 우리를 위해서 흘리신 예수 그리스도의 피로써 맺은 계약인 것입니다. 옛 계약은 동물의 피로써 맺어졌습니다. 그러나 새 계약은 사람의 피, 그것도 보통 사람이 아닌 하느님의 아들이신 그리스도의 피로써 맺어졌습니다. 이것은 우리가 절대 잊지 말아야 할 사실로, 공관 복음과 코린토 신자들에게 보낸 첫째 서간 11장에서 언급하고 있습니다. 그리고 마태오 복음에서도 "예수님께서 수난 전날 빵을 들어 축복하시고 제자들에게 나누어 주시며 '받아먹어라 이는 내 몸이다'라고 하시고 이어서 잔을 들어 감사의 기도를 올리신 다음 '너희는 모두 이 잔을 받아 마셔라 이것은 나의 피다. 죄를 용서하려고 많은 사람들을 위해서 내가 흘리는 계약의 피다'"(마태 26, 26-28)라고 말씀하셨습니다.

루카 복음, 마르코 복음, 코린토 신자들에게 보낸 첫째 서간 11장의 말씀들은 표현은 조금씩 달라도 모두 본질적으로 같습니다. 하느님께서는 아브라함이나 이스라엘 백성과 맺으신 계약을 바탕으로 하면서도 완전히 새로운 계약을 우리 인간들과, 새로운 이스라엘과 맺으신 것입니다. 이 계약은 과거에 약속하신 축복을 초월하는 축복입니다. 하느님께서 당신의 외아들 그리스도를 속죄의 제물로 씀으로써 우리 죄를 사해 주시고 성령을 부어 주심으로써 당신 자신을 우리에게 주시는 궁극적인 축복 말입니다.

따라서 우리는 미사성제의 의미가 얼마나 큰가를 깊이 생각해야 합니다. 미사성제란 우리에게 당신의 외아들 그리스도를 보내신 하느님의 극진한 사랑, 그리고 같은 인간이 되어 오시고 스스로 희생 제물이 되어 흘리신 그리스도의 피, 그 사랑과 피로써 맺은 계약을 기념하는 것입니다. 이 계약은 우리를 위해 죽음을 불사하여 당신의 모든 것을 주신다는 것입니다. 대체 우리 인간이 무엇이기에 하느님께서는 이렇게까지 사랑하시는가, 다시 한 번 생각해 보지 않을 수 없습니다.

당신 자신보다 더 소중한 외아들을 주셨습니다

요한 복음에 예수님께서 친히 하신 이런 말씀이 있습니다. "하느님께서는 세상을 너무나 사랑하신 나머지 외아들을 내주시어, 그를 믿는 사람은 누구나 멸망하지 않고 영원한 생명을 얻게 하셨다." (요한 3, 16) 이 말씀 중에서 '너무나 사랑하신다'는 표현에서 또 한 번 '하느님께서 이 세상을, (여기서 세상이라는 것은 우리 자신을 말하는 것입니다.) 우리 인간을 얼마나 사랑하시면 당신의 가장 아끼는 외아들을 보내셨겠는가?' 하고 생각해 보지 않을 수 없습니다.

하느님께서는 아브라함에게 외아들을 바칠 것을 요구하셨지만, 실제로 봉헌케 하지는 않으셨습니다. 영원하신 하느님께서는 당신의 아들을 실제로 제물로 바칠 것을 그때 벌써 작정하고 계셨던 것 같습니다. 아버지에게 외아들은 자기 자신보다 더 사랑하는 존재, 남을 위해 자기 자신을 내주는 것보다 더 큰 자기희생이 요구되는 그런 귀한 존재라고 할 것입니다. 그래서 사도 바오로도 로마 신자들에게 보낸 서간 8장에서 "당신의 친아드님마저 아끼지 않으시고 우리 모두를 위하여 내주신 분께서, 어찌 그 아드님과 함께 모든 것을 우리에게 베풀어 주지 않으시겠습니까? 하느님께 선택된 이들을 누가 고발할 수 있겠습니까? 그들을 의롭게 해 주시는 분은 하느님이십니다. 누가 그들을 단죄할 수 있겠습니까? 돌아가셨다가 참으로 되살아나신 분, 또 하느님의 오른쪽에 앉아 계신 분, 그리고 우리를 위하여 간구해 주시는 분이 바로 그리스도 예수님이십니다. 무엇이 우리를 그리스도의 사랑에서 갈라놓을 수 있겠습니까? 환난입니까? 역경입니까? 박해입니까? 굶주림입니까? 헐벗음입니까? 위험입니까? 칼입니까?"(로마 8, 32-35) 하고 말하였습니다.

그렇습니다. 하느님께서는 우리를 위해 당신 자신보다 더 소중한 외아들까지 주셨는데 우리에게 주시지 않고 남겨 두실 것이 무엇이 있겠습니까? 당신의 전부라도 다 주시지 않겠습니까? 요한의 첫째 서간 4장 9절에서 "하느님의 사랑은 우리에게 이렇게 나타났습니다"라고 선언하고 있습니다.

과연 하느님 앞에 우리 인간은 무엇입니까? 우리는 참으로 죄인에 불과합니다. 언뜻 상상해 보아도 아담에서 시작해서 오늘의 우리 자신에 이르기까지 하느님을 거스른 적이 얼마나 많습니까? 우리 자신이 생각해도 깜짝깜짝 놀랄 그런 죄들이 얼마나 많습니까? 제2차세계대전 때에는 나치스에 의해 600만 명의 유대인이 학살되었고, 최근 우리나라에서는 해마다 150만~200만 명의 어린 아기가 낙태로 죽고 있습니다. 매일 서로 다투고 미워하고 싸우고 죽이는, 서로 사랑할 줄도 모르는 우리 인간! 그런데 이런 인간을 위해서 하느님께서는 사람이 되어 오셨을 뿐만 아니라 죽기까지 하셨습니다. 사도 바오로가 로마 신자들에게 보낸 서간 5장 7절과 8절에서 말씀하신 것처럼 말입니다.

"의로운 이를 위해서라도 죽을 사람은 거의 없습니다. 혹시 착한 사람을 위해서라면 누가 죽겠다고 나설지도 모릅니다. 그런데 우리가 아직 죄인이었을 때에 그리스도께서 우리를 위하여 돌아가심으로써, 하느님께서는 우리에 대한 당신의 사랑을 증명해 주셨습니다."

우리에 대한 하느님의 사랑은 이렇게도 조건 없는 사랑입니다.

당신께서 사랑하시기에 모든 인간은 참으로 존엄합니다

그러면 왜 하느님께서는 인간을 사랑하십니까? 그 목적은 무엇입니까? 무엇보다 우리를 구원하시어 당신의 자녀로 만들고, 그리고 당신의 아들 그리스도를 닮은 존재로 만들어서 우리가 하느님의 사랑으로 영원히 살 수 있게 하기 위해서입니다. 즉 우리를 궁극적으로 하느님 당신과 같이 만들기 위해서입니다.

'인간은 존엄하다'는 말이 있습니다. 여러분도 아시겠지만, 우리나라뿐 아니라 세계의 모든 문명국의 헌법에는 이 말이 기록되어 있습니다. 우리나라 헌법에는 제9조에 '모든 국민은 인간으로서의 존엄성을 지닌다', 이어서 제10조에 '모든 국민은 법 앞에 평등하다'라고 기록되어 있습니다. 그러면 왜 존엄하며, 왜 평등한가 하고 묻는다면 대답할 수 있을까요? 안타깝습니다만 아마 대답하지 못할 것 같습니다. 인간이 존엄한 이유를 어떻게 학문적으로, 과학적으로 증명할 수 있습니까?

인간이 존엄한 이유는 하느님과의 관계에서만 설명할 수 있습니다. 하느님께서 인간을 지극히 사랑하시기 때문에, 모든 인간이 잘났든 못났든 하느님께서 한결같이 사랑해 주시기 때문에, 옛날에 한 번 사랑하셨고 그것으로 끝마치신 것이 아니라 '지금 이 자리(hic et nunc)'에서 사랑하시기 때문에 모든 인간은 참으로 존엄한 것입니다. 이것은 우리 모두에게, 특별히 지성인들에게 호소력이 있는 말이 아니겠는가 하고 생각합니다.

그렇습니다. 인간이 존엄한 이유는 신앙의 원리입니다. 하느님께서 우리를 당신의 아들 그리스도와 같은 상속자로 만들기 위해서 사랑하셨다는 것을 성경의 여러 부분에서 찾아볼 수 있습니다. 어떤 교부는 이에 대해 성경에서 수없이 말하기 때문에 일일이 인용할 수 없다고까지 표현하였습니다. 두 군데만 예를 든다면, 요한의 첫째 서간 3장 1절에서 "아버지께서 우리에게 얼마나 큰 사랑을 주시어 우리가 하느님의 자녀라 불리게 되었는지 생각해 보십시오"라고 하고, 갈라티아 신자들에게 보낸 서간 4장 6절과 7절에서 "진정 여러분이 자녀이기 때문에 하느님께서 당신 아드님의 영을 우리 마음 안에 보내 주셨습니다. 그 영께서 '아빠! 아버지!' 하고 외치고 계십니다. 그러므로 그대는 더 이상 종이 아니라 자녀입니다. 그리고 자녀라면 하느님께서 세워 주신 상속자이기도 합니다"라고 합니다.

요한 복음 17장 21절에서 예수님께서는 "그들이 모두 하나가 되게 해 주십시오. 아버지, 아버지께서 제 안에 계시고 제가 아버지

안에 있듯이, 그들도 우리 안에 있게 해 주십시오"라고 기도하십니다. 이 기도는 삼위일체이신 하느님 안에서 세상 모든 이가 그리스도와 하나가 되는 것을 의미합니다. 세상이 빅뱅으로 시작되어 150억 년 동안에 생성되고 진화한 목적은 의식하는 인간을 만들어 내기 위해서이며, 그 이후의 목적은 그리스도를 탄생시키기 위해서입니다. 결국 이 세상의 모든 사람이 그리스도와 일치되고 궁극에는, 떼이야르 드 샤르댕이 말한 것처럼, 온 우주가 그리스도화 즉 그리스도의 몸이 되는 것입니다.

하느님의 인간에 대한 사랑은 참으로 인간의 모든 지식을 초월하고 상상을 초월합니다. 그래서 코린토 신자들에게 보낸 첫째 서간 2장 9절에서 바오로 사도는 이렇게 말하였습니다.

"어떠한 눈도 본 적이 없고 어떠한 귀도 들은 적이 없으며 사람의 마음에도 떠오른 적이 없는 것들을 하느님께서는 당신을 사랑하는 이들을 위하여 마련해 두셨다."

그런데 이것은 우리에게 공로가 있어서 주어진 것입니까? 물론 아니지요! 이미 인용한 사도 요한의 말씀대로, "내가 말하는 사랑은 하느님에 대한 우리의 사랑이 아니고 우리에 대한 하느님의 사랑입니다." 하느님께서는 우리를 사랑하신 나머지 당신의 외아들을 보내 주셨고, 그리스도는 하느님과 본성이 같은 분이셨지만 당신을 낮추심으로써 이른바 '케노시스(Kenosis)', 즉 우리 때문에 당신을 완전히 비우신 겸손을 보여 주셨습니다. 우리가 바로 이것을 본받아야 되는데, 앞에서 말했듯이, '나를 비운다'는 이 문제에 대해 결국 제가 들은 것은 죽는 날까지 우리는 우리의 자아를 비울 수 없다는 것입니다. 그렇다고 포기하라는 것은 아니고 죽는 날까지 비워야 하는데 죽고 나서도 15분 뒤에 비로소 자아를 비우게 된다고 합니다. 그때 영혼이 떠나니까!

십자가에서 죽기까지 우리를 사랑하십니다

이제 우리는 하느님의 크신 사랑을 묵상하면서 사도 바오로의 로마 신자들에게 보낸 서간 8장 31절 이하의 말씀을 되새겨 봅시다. "그렇다면 우리가 이와 관련하여 무엇이라고 말해야 합니까? 하느님께서 우리 편이신데 누가 우리를 대적하겠습니까? 당신의 친아드님마저 아끼지 않으시고 우리 모두를 위하여 내어 주신 분께서, 어찌 그 아드님과 함께 모든 것을 우리에게 베풀어 주지 않으시겠습니까? 하느님께 선택된 이들을 누가 고발할 수 있겠습니까? 그들을 의롭게 해 주시는 분은 하느님이십니다. 누가 그들을 단죄할 수 있겠습니까?"(로마 8. 31-34) 물론 아니지요. 왜냐하면 그분은 우리를 위하여 십자가에서 죽기까지 우리를 사랑하셨기 때문입니다. 사도 바오로는 이어서 이렇게 말하였습니다.

"나는 확신합니다. 죽음도, 삶도, 천사도, 권세도, 현재의 것도, 미래의 것도, 권능도, 저 높은 곳도, 저 깊은 곳도, 그 밖의 어떠한 피조물도 우리 주 그리스도 예수님에게서 드러난 하느님의 사랑에서 우리를 떼어 놓을 수 없습니다."(로마 8. 38-39)

이렇게까지 우리를 사랑하신 하느님께서는 당신 아들의 피를 통해 사랑의 계약을 맺으셨습니다. 동물의 피가 아니라, 하느님의 아들이신 그리스도의 피로 맺으셨습니다. 우리는 이것을 잊지 말아야 합니다. 그리고 주님께서 바라시는 것은 오직 하나입니다. 나의 사랑을 믿어라, 이것입니다. '나는 너를 극진히 사랑해서 죽기까지 나는 너를 사랑한다. 이 사랑을 믿어 달라! 그리고 내가 너를 사랑한 것처럼 너희도 서로 사랑하여라. 이것이 내 계명이다.'

넷째 날

| 오후 |

길 잃은 나를 찾아 나서다

성부와 성자와 성령의 이름으로 아멘.

자비로우신 주님,

주님의 은총을 풍성하게 내려 주소서.

저희가 언제나 주님을 깊이 알고

사랑하고 의식하게 해 주소서.

아멘.

오전 대화에서 하느님께서는 우리의 잘못과 부족함을 아시면서도 사랑하신다고 하였습니다. 인간의 부족함에도 불구하고 하느님께서는 우리를 조건 없이 사랑하신다는 의미입니다. 따라서 하느님께서는 죄인인 나를 더 찾으시고 더 사랑하신다고 말할 수 있습니다.

성 아우구스티누스는 "좋은 친구는 나의 모든 것, 나의 단점까지 알면서도 나를 받아 주는 이"라고 말하였습니다. 우리 모두는 이런 친구를 갈망합니다. 나의 잘못, 약점을 알면서도 여전히 나를 받아 주는 친구! 얼마나 좋은 친구입니까? 그러나 인간 사회에서 이런 친구를 만나기란 현실적으로 아주 어려울 것입니다. 그런데 하느님은 바로 이런 친구이십니다. 시편 139장의 말씀처럼 그분은 "나를 훤히 아시고 속속들이 아시는 분"이십니다. 나의 죄와 나의 부족함을 다 아시면서도 사랑하시는 분이십니다. 그것은 결코 죄를 용인하거나 과소평가해서가 아닙니다.

죄는 하느님께서 가장 싫어하시는 것입니다. 죄는 하느님과 인간의 생명의 관계를 끊는 것입니다. 죄는 우리를 하느님에게서 떠나게 하고 죽음과 멸망으로 몰아가는 것입니다. 그래서 하느님께서는 더 깊이 연민하십니다. 죄, 그것이 자비로우신 하느님의 마음을 움직인 것입니다. '죄는 오히려 하느님으로 하여금 우리에게 오시게 한다'고 말할 수 있습니다. 그래서 죄가 많은 곳에서는 은총도 풍성하게 내려졌습니다.

아담이 죄를 범한 후에 하느님께서는 "너 어디에 있느냐?" 하고 그를 찾아 나서셨습니다. 이와 같이, 구약에서 나타나는 하느님은 당신이 사랑하시면 하실수록 멀리 도망치는 백성을 거듭거듭 찾으십니다. 예언자를 보내서서 그들이 당신에게 돌아오도록 거듭 권고하시고 촉구하시고 위협도 하시고 달래시고 여러 가지로 호소하십니다. 그리고 결국 당신의 외아들을 보내셨습니다. 부활성야 때 부활초를 축성하고 부르는 부활 찬미가에 다음과 같은 성 아우구스티누스의 표현이 있습니다. "Oh! Felix Culpa!(오! 복된 탓이여!)" 성인은 원죄를 가리켜 '오! 복된 탓이여!'라고 말합니다. 왜냐하면 이 원죄 때문에 하느님의 아들이 우리를 위해 인간이 되어 오셨기 때문입니다.

복음을 보면 예수님께서는 많은 병자들을 기적으로 고쳐 주셨으나 이 병자들을 찾아 나서지는 않으셨습니다. 그러나 죄인의 경우에는 찾아 나서셨습니다. 세리, 죄인, 창녀들과 먹고 마시기까지 하셨습니다. 바리사이파는 이러한 예수님을 비난하였습니다.

그러자 예수님께서는 그들에게 "길 잃은 양 한 마리를 구하기 위해서 아흔아홉 마리를 들판에 둔 채 길 잃은 양을 찾아 나서는 것이 마땅하지 않느냐"(루카 15, 1-6)고 반문하시며, 이어서 '되찾은 은전의 비유'를 듭니다. "내가 너희에게 말한다. 이와 같이 하늘에서는, 회개할 필요가 없는 의인 아흔아홉보다 회개하는 죄인 한 사람 때문에 더 기뻐할 것이다."(루카 15, 7) 이런 말씀에서 죄인들을 찾아 나서시는 예수님의 모습을 분명히 볼 수 있습니다.

예수님께서는 분명히 "나는 의인이 아니라 죄인을 부르러 왔다" (마태 9, 13)고 말씀하십니다. "튼튼한 이들에게는 의사가 필요하지 않으나 병든 이들에게는 필요하다"(마태 9, 12)고 하신 것처럼, 예수님께서는 선한 사람이 아니라 죄인을 찾아서 구하기 위해 오셨다는 것을 분명히 밝히셨습니다. 이렇게 죄인을 불쌍히 여기시고 찾으시는 예수님의 마음! 착한 목자의 마음! 우리는 그분의 부르심을 받았습니다. 그러므로 예수님의 이러한 마음이 바로 우리의 마음이 되어야 하지 않겠는가 하고 생각합니다.

죄인에 대한 하느님의 사랑, 그리고 예수님의 사랑이 얼마나 큰가는 '되찾은 아들의 비유'(루카 15, 11-32)에서 잘 드러납니다.

어떤 아버지에게 두 아들이 있었는데 한 아들이 재산을 청해 받아서는 먼 곳에 가서 방탕한 생활로 탕진해 버렸습니다. 설상가상으로 그곳에 흉년이 들자 그 아들은 돼지 치는 더부살이를 해서라도 굶주림을 면해 보려고 하지만 그마저 여의치 않았습니다. 아들은 그제야 아버지의 집으로 돌아오게 되었습니다. 그가 아버지께 돌아오게 되는 동기는 뉘우침이 아니라 굶주림이었습니다.

한편 아버지는 자식이 집을 떠난 이후 하루도 그 자식을 잊지 못해 그 자식이 떠난 길을 매일 같이 바라보고 있었던 것 같습니다. 그래서 굶주림과 헐벗음으로 몰골이 아주 흉하게 된 자식이 멀리

길모퉁이를 돌아올 때 아버지는 누구보다 먼저 알아보고 달려갔겠지요. "저게 내 자식이다!" 아버지는 그날을 기다리고 있었습니다. 그렇게 달려가서 자식이 용서를 청하기도 전에 안고 입을 맞추고 종들을 불러서 "얼른 목욕시키고 새 옷을 갈아입히고, 송아지를 잡아서 잔치를 베풀라!"고 말했습니다. 그러고는 집에 남아 있던 자식마저 설득했습니다. 이 비유 속의 아버지가, 당신을 떠난 죄인을 항상 불쌍히 여기시고 지켜보시는 하느님의 모습입니다. 죄인이 돌아오기를 기다리시는, 죄인의 회개를 가장 기뻐하시는 사랑과 자비의 하느님의 모습입니다.

당신은 거듭 죄인을 찾으시고 용서해 주십니다

예수님께서는 참으로 죄인에 대해 인내하시고 깊은 애정으로 대하십니다. 요한 복음 4장 4절부터 42절까지에 기록된 '예수와 사마리아 여인' 일화는 여러분도 잘 아실 것입니다. 이 일화는 참으로 아름다워서 '복음 중의 복음'이라고 불린답니다.

예수님께서는 이날 뜨거운 태양이 내리쬐는 길을 한나절 걸려 오시고, 야곱의 우물에 이르렀습니다. 여기서 사마리아 여인과 만나시게 되지요. 마침 제자들이 먹을 것을 사러 시내에 들어가고 없던 터라 예수님께서는 그 여인에게 물을 청했습니다. 목마르기도 하셨지만, 예수님의 그 목마름은 육신보다 영혼 쪽이 더 컸던 것 같습니다. 그러나 여인으로부터 오는 반응은 아주 냉랭했습니다. '당신은 보아하니 유대인이고 나는 사마리아 여인인데 어떻게 물을 달라고 하느냐?' 그럼에도 불구하고 예수님께서는 그 여인에게 아주 부드럽게 말씀하셨습니다. "하느님께서 주시는 선물이 무엇인지, 또 이렇게 물을 청하는 내가 누구인지 알았더라면 오히려 네가 나에게 청했을 것이다. 그러면 내가 너에게 샘솟는 물을 주었을 것이다." 말씀인즉 당신이 영원히 목마르지 않고, 영원히 살 수 있게 하는 물을 주실 분이라는 것을 그 여자에게 밝히셨던 것입니다. 그리고 그 여자의 과거를 다 알아맞히심으로써 여자로 하여금 당신을 믿게 하시고 당신의 말씀을 다른 이들에게 전하게 하셨습니다. 예수님께서 이날 그 여자에게 당신에 대해 밝히신 내용은 복음 그 자체입니다. 당신이 모든 것을 살리는 생명의 물이 되신다, 샘솟는 물이 되시며, 당신 자신이 바로 그리스도이시다, 그리고 영적으로 아버지께 드리는 것이 참된 예배라고 하셨습니다.

그런데 사마리아 여인이 예수님으로부터 이렇게 엄청난 구원의 소식을 받을 만한 무슨 자격이 있었습니까? 그 여자에게는 그럴 만한 자격이라고는 전혀 없었습니다. 오히려 남편이 다섯이나 있었습니다. 게다가 현재에도 남편 아닌 남자와 동거하고 있었습니다. 그러니까 지금까지의 삶이 깨끗하다고도 할 수 없는, 죄도 많고 어쩌면 남자를 다섯 번이나 바꾸는 변덕도 심한 여자였다고 할 수 있습니다. 그런 여자에게 예수님 당신이 누구신지, 당신이 주시려고 하는 그 기쁜 소식이 무엇인지를 밝히셨습니다.

예수님께서 그날 유다 지방을 떠나서 갈릴래아로 가시는 길에 야곱의 우물가가 있는 시카르에 오신 것은, 그날 그 자리에 오신 까닭은 그 여자 때문이었습니다. 이 여자를 찾기 위해, 만나기 위해, 구하기 위해 오셨습니다. 요한 복음 4장 31절 이하에서 먹을 것을 사러 갔던 제자들이 돌아왔을 때, 예수님께서는 제자들에게 "나에게는 너희가 모르는 먹을 양식이 있다"고 말씀하시고, "내 양식은 나를 보내신 분의 뜻을 실천하고, 그분의 일을 완수하는 것이다"라고 말씀하십니다.

'아버지이신 하느님의 뜻을 이루는 것이 나의 양식'이라고 말씀하심으로써, 그 여자와 그날 나눈 대화와 그 여자로 하여금 당신을 믿게 한 것, 또 여자가 예수님에 대해 알리도록 다른 사람들에게 달려가게 한 것이 하느님의 뜻이셨다면, 예수님께서 그날 그 먼 길—뜨거운 햇볕 아래 아주 피곤하셨다는 표현도 나오는데—을 그렇게 걸으신 것은 그 죄 많은 불쌍한 여자를 만나기 위해서였던 것입니다. 이렇게 예수님께서는 죄인을 찾아 주십니다. 이것은 예수님의 사명이었습니다.

내가 죄인이라 하더라도 이것 때문에 주님께서는 절대로 나를 멀리하시지 않습니다. 죄는 오히려 주님으로 하여금 나에게 가까이 오시도록 하는 매개가 됩니다. 그래서 하느님 앞에서는, 그리고 그리스도 앞에서는 죄가 크다는 이유로 희망이 없는 존재는 없습니다. 정신적으로든 육체적으로든 도덕적으로든 모든 면에서 아무리 절망적인 상황에 놓인 인간이라 할지라도 주님의 사랑 앞에서는 여전히 값지고 사랑스런 주님의 아들딸입니다. 주님은 아무리 큰 죄인이라도 사랑하시고 절대로 저버리시지 않습니다. 그분은 거듭거듭 죄인을 찾으시고 용서해 주십니다.

하느님의 용서에는 한도가 없습니다

마태오 복음 18장 21절과 22절에서 시몬 베드로가 "주님, 제 형제가 저에게 죄를 지으면 몇 번이나 용서해 주어야 합니까?" 하고 묻자, 예수님께서는 "일곱 번이 아니라 일흔일곱 번까지라도 용서하여라" 하고 답하십니다. 말씀의 뜻은 용서에는 한도가 없으며, 끝없이 용서해 주라는 것입니다.

이것은 정말 인간의 마음이 아닙니다. 하느님의 마음이고 예수님의 마음입니다. 예수님께서 당신을 얼마나 겸손하게 비우시고 낮추셨으면 이렇게까지 용서해 주실 수 있는 것일까요? 우리는 여기서 예수님의 한없이 깊은 겸손의 마음, 자비의 마음을 보지 않을 수 없습니다.

반면에 우리 인간은 조그마한 남의 잘못 하나 용서할 줄 모릅니다. 이런 우리의 옹졸한 마음을 예수님께서는 마태오 복음의 '매정한 종의 비유'(마태 18, 23-35)를 통해 깨닫게 해 주십니다. "하늘나라는 이렇게 비유할 수 있다"고 하면서 말씀하십니다.

어떤 임금이 종들과 셈을 합니다. 그런데 종 하나가 임금에게 1만 탈렌트 빚을 졌는데 그 빚을 갚으라고 하니까 그 종이 조금만 기다려 달라고 임금에게 탄원을 합니다. 임금은 종의 간절한 애원을 듣고 모든 빚을 탕감해 주었습니다. 그런데 그 종이 친구 하나를 만났는데 100데나리온을 빚진 사람이었습니다. 종은 친구에게 빚을 갚으라고 독촉을 했고, 그 친구는 말미를 좀 주면 곧 갚겠다고 애원을 하였습니다. 종은 금방 임금에게서 엄청난 빚을 탕감받은 사실도 잊어버리고 친구를 가혹하게 대할 뿐 아니라 옥에 가두기까지 하였습니다. 매정한 종! 이 비유는 상당한 의미를 함축하고 있습니다.

100데나리온! 1데나리온은 여러분이 잘 아시는 것처럼 옛날에는 일꾼의 하루 품삯이었습니다. 그러니까 현금이 없을 때는 하루 일을 해 주면 되었습니다. 그런데 100데나리온이니까 100일 동안 일을 해 주면 되는 것이지요. 지금 이 관습이 중동에 그대로 남아 있습니다. 언젠가 신문에도 났죠. 우리나라 사람 하나가 거기서 빚을 졌다가 잡혀서 1년인가 2년인가 일을 하게 되었습니다. 나중에 여기서 송금을 해 주어서 문제가 해결되었지만 그때 그런 기사가 신문에 난 적이 있습니다. 그러면 종이 임금에게 빚진 1만 탈렌트는 얼마나 되겠습니까? 1탈렌트가 6000데나리온입니다. 그러면 1만 탈렌트는 6000만 데나리온입니다. 만약 일을 해서 갚는다면 6000만 일이 걸립니다. 이것은 불가능한 기간입니다. 1년 365일, 인간이 오래 산다고 해서 100살을 산다고 해도 3만 6500일입니다. 이것은 6000만 일에 비하면 아무것도 아니고, 뭐 100살까지 일할 수 있다고 해도 태어나자마자부터 죽을 때까지 일을 해도 다 갚을 수 없는, 그러니까 영원히 일을 해도 갚을 수 없는 불가능한 양입니다.

혹자는 '도대체 우리가 하느님께 무슨 죄를 그렇게 지었는가? 내가 하느님께 무슨 잘못을 그렇게까지 하였는가?' 하고 물을지 모르겠는데, 한번 깊이 생각해 봅시다.

우리는 하느님께 그런 빚을 지고 있습니다. 나는 나의 존재며 생각이며 나의 모든 것을 하느님께 받았습니다. 이것은 어떻게 환산할 수 있습니까? 게다가 내가 이 상태로 있으면서 하느님께서 나를 구하시지 않으면 나에게 오는 것은 영원한 죽음입니다. 그런 나에게 무상으로 영원한 생명을 주셨습니다. 얼마나 큰 빚입니까? 아무리 갚아도 다 못 갚을 그런 빚입니다. 우리는 이런 주님이 어떤 분이신가를 깊이 묵상해야 합니다. 예수님께서 사마리아 여인에게 이렇게 말씀하셨습니다. "네가 하느님의 선물을 알고 또 '나에게 마실 물을 좀 다오' 하고 너에게 말하는 이가 누구인지 알았더라면…." 주님께서는 이 말씀을 이 시간 우리에게도 던지신다고 할 수 있습니다.

그렇다면 이렇게까지 나를 사랑하시고 용서하시는 주님을 나는 아는가? 우리는 예수님에 대해 무엇을 아는가? 물론 그분이 역사적인 인물로서 언제 어디서 태어나셨는지, 몇 살까지 사셨는지, 무슨 말씀을 하셨는지, 무슨 기적을 어떻게 어디서 베푸셨는지, 언제 죽으셨는지 등등의 이력에 대해서는 잘 압니다. 그러나 과연 우리는 예수님께서 말씀하신 대로 주님을 알고 있습니까? 이 질문은 우리가 사느냐 죽느냐 하는 문제와 다름없습니다. 왜냐하면 예수님께서 친히 요한 복음 17장 3절에서 영원한 생명은 "홀로 참하느님이신 아버지를 알고 아버지께서 보내신 예수 그리스도를 아는 것입니다"라고 말씀하셨기 때문입니다. 거기에 영원한 생명이 달려 있습니다.

우리는 그리스도를 알고 있습니까. 나 스스로도 모르면서 예수님을 안다고 말할 수 있습니까. 안다는 것은 사랑한다는 말입니다. 사랑할 때 비로소 알 수 있습니다. 우리는 과연 예수님을 알고 있습니까. 우리는 과연 예수님을 사랑하고 있습니까.

다섯째 날

십자가에 몸소 오르다

"그의 모습이 사람 같지 않게 망가지고 그의 자태가 인간 같지 않게 망가져
많은 이들이 그를 보고 질겁하였다. 그러나 이제 그는 수많은 민족들을 놀라
게 하고 임금들도 그 앞에서 입을 다물리니 이제까지 알려지지 않은 것을 그
들이 보고 들어 보지 못한 것을 깨닫기 때문이다."

다섯째 날

| 오전 |

우리에게 십자가는 거룩한 사랑의 증거입니다

이제까지는 하느님의 사랑에 대해 구약성경과 신약성경을 통해서 살펴보았습니다. 모든 성경 말씀이 증언하는 것은 하느님은 사랑 자체이시고 우리를 조건 없이 사랑하신다는 것입니다. 그리고 하느님의 절대적이고 조건 없는 사랑은 육화하신 예수 그리스도와 함께 뚜렷이 드러납니다. 특히 예수님은 십자가에서 죽으심으로써 이 사랑을 극적으로 증거하셨습니다. 주님의 십자가형(Crucifixion) 죽음과 부활, 이것은 신앙의 신비이며, 최고의 신비라고 할 수 있습니다. 십자가가 없는 예수님을 우리가 생각할 수 없듯이, 십자가가 없는 복음도 생각할 수 없고, 십자가 없는 주님의 제자가 되는 길도 생각할 수 없습니다. 그러면서도 우리는 십자가의 뜻을 제대로 이해하기가 참 힘들다고 느낍니다.

십자가는 현재의 우리 신앙인들에게 거룩한 무엇입니다.

우리는 십자가를 보며 성호도 긋고 기도도 바칩니다. 신앙인들에게 있어서 십자가는 친근한 것입니다. 그러나 본래 십자가는 저주스럽고 치욕적인 것이었습니다. 지독한 대죄인, 그것도 살인강도범이나 반역자를 죽이는 무서운 형틀이었으니까요. 유대인들은 십자가에 못 박혀 죽는 것은 하느님의 저주를 받는 것으로 생각했습니다. 신명기 21장 22절과 23절에는 "죽을죄를 지어서 처형된 사람을 나무에 매달 경우, 그 주검을 밤새도록 나무에 매달아 두어서는 안 된다. 반드시 그날로 묻어야 한다. 나무에 매달린 사람은 하느님의 저주를 받은 자이기 때문이다"라는 말씀이 있습니다. 이 말씀을 인용하여 갈라티아 신자들에게 보낸 서간 3장 13절에서는 "'나무에 매달린 사람은 모두 저주받은 자다' (…) 그리스도께서는 우리를 위하여 스스로 저주받은 몸이 되시어"라고 하였습니다.

그런데 이렇게 저주받은 것으로 간주되는, 사도 바오로가 '십자가의 어리석음'이라고 표현한 십자가형 죽음이 어떻게 하느님 사랑의 가장 큰 증거가 될 수 있는가? 왜 하필 하느님께서는 십자가를 통해 우리를 구원하셨을까? 다른 길은 없었을까? 이런 의문도 없지 않습니다. 하느님께서는 전능하신 분이시니까 십자가를 통하지 않고도 우리를 구원하실 수 있었을 텐데, 왜 하필 그렇게 저주스럽고 고통스러우며 치욕적인 십자가를 통해 우리를 구원하셨을까요?

프랑스의 사상가 시몬 베유(Simone Weil, 1909~1943)는 참 재미난 사람입니다. 그분은 그리스도를 깊이 믿고 따랐지만 세례 성사는 받지 않았다고 합니다. 그런 그녀가 아마 예수 그리스도에 대해 깊이 묵상하고 한 말인 것 같습니다. "예수 그리스도는 이 같은 죽음을 결코 영웅적으로 위풍당당하게 받아들인 것이 아닙니다. 예수는 강도와 섞여 그들 중 하나처럼 참혹히 죽었습니다."

예수님께서는 두 강도와 함께 죽임을 당하셨습니다. 그리고 예수를 십자가에 못 박은 바리사이파 사람이나 지나가는 사람들 모두가 십자가에 못 박힌 예수를 "네가 하느님의 아들이라면 그 십자가에서 내려와 봐라, 너는 너 자신이나 먼저 구원해 봐라" 하고 조롱했습니다. 이사야가 예언한 그대로였습니다.

"그의 모습이 사람 같지 않게 망가지고 그의 자태가 인간 같지 않게 망가져 많은 이들이 그를 보고 질겁하였다. 그러나 이제 그는 수많은 민족들을 놀라게 하고 임금들도 그 앞에서 입을 다물리니 이제까지 알려지지 않은 것을 그들이 보고 들어 보지 못한 것을 깨닫기 때문이다."(이사 52, 13-15)

이사야의 예언 그대로 예수님께서는 참혹한 모습으로 죽으셨습니다. 예수님께서도 당신이 어떻게 죽으실지를 미리 다 알고 계셨고, 이것에 대해 세 번씩이나 예언하셨습니다. 그러시고도 그분은 죽음을 앞두고 무척 괴로워하셨습니다. 마르코 복음에 의하면 "내 마음이 너무 괴로워 죽을 지경이다"(14, 34) 하고 말씀하셨습니다. 마태오 복음 역시 "예수께서 근심과 번민에 싸여 '지금 내 마음이 괴로워 죽을 지경'"(26, 38)이라고 말씀하셨다고 전하고 있습니다. 또한 올리브 동산에서 기도하셨을 때는 피땀을 흘리신 것으로 기록하고 있습니다. 그래서 할 수만 있다면 이 잔을 당신에게서 멀리해 달라고 말씀하셨습니다.

예수님께서는 세 번씩이나 당신께서 겪으실 죽음에 대해 예고를 하셨지만 막상 죽음을 앞두고는 한없이 괴로워하셨던 것입니다. 참으로 죽음은 무섭고 고통스러운 것인가 봅니다. 그러기에 비록 모든 사람이 다 주님을 버릴지라도 자신은 결코 주님을 버리지 않으리라 장담했던 베드로도 세 번씩이나 '나는 그를 모른다'고 했습니다. 마태오 복음 26장 74절에서 베드로는 거짓말이면 천벌이라도 받겠다고 맹세까지 하며 예수님을 모른다고 잡아뗍니다. 얼마나 무서웠으면, 얼마나 공포에 사로잡혔으면, 베드로가 하늘을 두고 맹세한다고까지 말했을까요? 다른 제자들은 그 전에 이미 다 도망쳐 버렸습니다. 어떤 의미로 이런 제자들의 모습은 우리 자신의 모습이기도 합니다.

　이러한 상황에 대해 성경에서는 "때는 밤이었다"(요한 13. 30)고 밝히고 있습니다. 빛이라고는 전혀 없는 칠흑같이 어두운 밤, 아무리 우리와 같은 사람이 되셨다 해도 하느님이신 분이 이처럼 버림을 받고 치욕적인 십자가형 죽음을 맞아야 했는지 정말 이해하기 어렵습니다. 그런데 또 성경을 보면, 예수님께서 친히 십자가 영광인 것처럼 말씀하십니다. 요한 복음 12장 23절에서 예수님께서는 분명히 십자가형을 일러 "사람의 아들이 영광스럽게 될 때가 있다"고 말씀하셨습니다. 어떻게 십자가형이 영광된 일인지 그분의 말씀을 더욱 알아들을 수 없습니다.

　우리는 흔히 사도 바오로의 말을 인용하여 '십자가의 어리석음'이라고 표현합니다. 사도 바오로는 코린토 신자들에게 보낸 첫째 서간 1장 22절부터 24절까지에서 이렇게 말하였습니다.

"유다인들은 표징을 요구하고 그리스인들은 지혜를 찾습니다. 그러나 우리는 십자가에 못 박히신 그리스도를 선포합니다. 그리스도는 유다인들에게는 걸림돌이고 다른 민족에게는 어리석음입니다. 그렇지만 유다인이든 그리스인이든 부르심을 받은 이들에게 그리스도는 하느님의 힘이시며 하느님의 지혜이십니다."

십자가에 못 박힌 그리스도께서 하느님의 힘이며 하느님의 지혜라고 했는데, 어떻게 십자가가 하느님의 힘이며 하느님의 지혜가 된다는 것일까요? 십자가형은 분명히 저주스럽고 고통스런 죽음이므로 절망이며 무력, 실패, 암흑을 의미할지언정, 적어도 우리 인간의 판단으로는, 힘이자 지혜, 영광과 거리가 먼 것이 아닐 수 없습니다. 우리 인간의 이성으로만 해석하려 한다면 도저히 이해할 수 없는 것입니다.

사람과 세상을 변화시킬 수 있는 것은 사랑뿐입니다

예수 그리스도의 십자가형 죽음은 신앙의 문제이며, 가장 큰 신앙의 신비입니다. 믿음의 빛으로 보고 성령께서 깨우쳐 주시지 않으면 이해할 수 없습니다. 그래도 제 나름대로 이렇게 해석해 보았습니다.

오늘날 우리 사회에도 구원이 요구되고 또 이를 위해서 변화가 필요합니다. 특히 경제적인 어려움을 겪으면서 경제 회복을 위해서, 또 세계화의 물결 속에서 정치적으로나 사회적으로 변혁을 필요로 하고 있습니다. 그래서인가요? '계획'이라는 말을 자주 듣습니다. 그런데 계획이라는 말을 꺼내기 무색할 정도로 우리 사회

현실의 모습은 정신적, 도덕적으로 황폐화되고 있는 것 같습니다. 뉴스를 보고 있자면 왜 그렇게 사기와 부정부패가 많은지, 오랏줄에 묶여 줄줄이 끌려가는 모습을 거의 매일같이 볼 수 있습니다. 여러분은 어떠실지 모르지만, 저는 그런 장면 때문에 뉴스가 보기 싫어지기도 합니다. 세상에 이렇게까지 사기 치는 사람이 많은 나라가 또 있을까 하는 생각에 암담해집니다.

과연 누가 무슨 힘으로 우리를 변화시킬 수 있고, 우리 사회를 보다 참다운 사회, 인간다운 사회로 변화시킬 수 있겠습니까? 그러기 위해서는 먼저 모두의 마음을 바꾸어야 하는데, 누가 이렇게 할 수 있습니까? 돈이 이런 일을 할 수 있겠습니까? 물론 아닙니다. 권력이나 과학의 힘이 인간 개조를 이룰 수 있겠습니까? 더구나 차원 높은 참된 의미의 인간 구원을 생각할 때, 그 구원을 위한 인간의 변화, 회개를 가져오는 것은 어떤 인간의 힘이나 지혜로도 불가능하리라 생각합니다. 그렇다면 기적을 바랄까요?

만일 예수님께서 그 옛날에 행하셨던 기적을 오늘날 행한다면 어떨까요? 소경이 보고, 앉은뱅이가 일어나고, 나병 환자가 낫고, 요즘 불치병이라는 암도 고치고, 죽은 사람도 부활시킨다면 우리 사회가 그걸 보고 변화할 수 있겠는가? 상당한 효과를 거두리라고 예측할 수는 있겠습니다만, 예수님께서 그 옛날에 행하셨던 것을 생각해 보면, 그 효과가 그리 오래 지속될 것 같지 않습니다.

예수님께서 기적을 행하셨을 때는 사람들이 즉시 하느님을 찬양하고 많이 몰려들었고 또 예수님을 따랐습니다. 그러나 예수님께서는 스스로 당신의 기적이 실패하셨음을 개탄하셨습니다.

요한 복음에서 예수님께서는 유대인들이 하도 믿지 못하니까 내 말을 믿지 못하겠거든 내 행동을 보고서라도 믿으라고 말씀하셨습니다. 또 마태오 복음 11장 21절부터 23절까지와 루카 복음 10장 13절부터 15절까지에서는 당신이 기적을 가장 많이 행하셨던 코라진, 벳사이다, 카파르나움을 저주하십니다. 예수님께서 기적을 가장 많이 행하신 지역이 갈릴래아였고, 그중에서도 말씀하신 도시들에서 가장 많은 기적을 행하셨습니다. 그런데도 그 도시의 사람들은 변화되지 않았습니다. 또 바리사이파 사람은 예수님께서 행하신 기적을 보며 그 힘이 하느님에게서 오는 것이 아니라 마귀의 두목 베엘제불에게서 오는 것이라며 헐뜯기까지 하였습니다. 그렇다면 사도들은 어떠했습니까? 그들은 물론 상당히 달랐습니다. 그들은 적어도 주님께서는 살아 계신 하느님의 아들이라 고백할 만큼 믿음을 지녔습니다.

하지만 요한 복음 6장을 보면, 예수님께서 빵의 기적을 행하신 다음에 당신 자신이 바로 하늘에서 내려온 생명의 빵이라고 거듭 말씀하시며, 당신의 살과 피가 '먹고 마실 음식'이니 이 살과 피를 먹고 마시는 사람은 영원히 산다고 강조하셨을 때, 많은 유대인들이 이 말씀을 알아듣지 못했을 뿐 아니라 비위에 맞지 않다며 떠났고, 심지어 예수님을 따르던 제자들 중에서도 그런 사람이 있었습니다. 그러자 예수님께서는 남은 사도들을 보시며 "너희도 떠나고 싶으냐"(요한 6, 67) 하고 말씀하셨을 때, 시몬 베드로가 나서서 "주님, 저희가 누구에게 가겠습니까? 주님께는 영원한 생명의 말씀이 있습니다"(요한 6, 68) 하고 대답하면서 믿음으로 주님의 곁에 머물렀습니다. 이렇게 사도들은 어느 정도 믿음을 가지고 있었습니다. 하지만 그들이 가지고 있는 믿음이란 것이 얼마나 약했습니까? 그것은 예수님께서 수난을 당하실 때 제자들이 배반하고 도망친 것을 보면 알 수 있습니다. 그들에겐 아직까지 아브라함이 지녔던 믿음은 없었습니다. 아브라함은 하느님께서 그의 외아들 이사악을 바치라고 하셨을 때 하느님께서는 죽은 사람까지도 살릴 수 있으실 거라는 믿음을 지녔는데, 사도들에게는 아직 이런 믿음이 없었습니다.

더구나 루카 복음을 보면, 예수님의 수난을 앞둔 마지막 만찬 자리에서도 사도들은 누가 더 높은지, 주님께서 이룩하실 나라에서 누가 더 높은 자리에 앉게 될 것인지를 두고 서로 다투었습니다. 다른 복음서에서는 이런 다툼이 다른 자리에서 있었던 것으로 기록하고 있는데, 루카 복음사가는 좀 짓궂게 주님의 수난 전 마지막 만찬 자리에서 사도들이 이렇게 자리다툼을 하였다고 기록하고 있습니다. 이렇게 볼 때, 3년 동안 주님과 함께 다니면서 많은 기적을 목격하였고, 또 주님의 이름으로 스스로 기적을 행한 적도 있었던 사도들 역시 기적으로 말미암아 질적으로 크게 변화되지는 못했던 것 같습니다.

　참으로 사람의 마음에 감동을 주고 사람을 변화시키는 것은 사랑입니다. 벗을 위해 자기 목숨을 바치는 것보다 더 큰 사랑은 없다고 예수님께서 말씀하셨습니다. 목숨까지 바치는 그 사랑은 사람의 마음을 변화시킬 수 있고, 세상의 어둠을 밝히는 빛이 될 수 있습니다. 막시밀리언 꼴베(Sanctus Maximilianus Maria Kolbe, 1894~1941, 폴란드인으로 사제였던 그는 아우슈비츠 강제 수용소에 갇혀 지내다 다른 수감자 대신 죽음을 자원해 선종했다_편집자) 신부가 바로 그런 분이었습니다. 이분의 죽음은, 비록 오직 한 사람을 위한 것이었지만 제2차세계대전 중 수백만 명이 희생된 그 암울한 시대를, 그 어두운 역사의 밤을 밝히는 빛이었습니다.

희생과 한없는 겸손과 자비로 우리를 구원하셨습니다

이제 우리는 왜 예수님께서 우리를 구원하시기 위해서 죽음을, 그것도 십자가형의 죽음을 택하셨는지 어느 정도 이해할 수 있을 것 같습니다. 아마도 태초부터 종말에 이르기까지 모든 인간의 죄를 당신이 대신 짊어지셔야 할 때 예수님은 죽음 아닌 다른 선택을 할 수 없었을 것이고, 가장 고통스럽고 치욕적인 죽음의 길을 가실 수밖에 없었을 것입니다. 예수님께서 우리 모두의 죄를 대신 지셨다고 할 때, '대신 지신다'는 것은 우리 인간 하나하나의 죄와 죄로 말미암은 고뇌와 마음의 어둠과 비참과 죽음의 고통을 당신 안에 다 받아들이신다는 뜻입니다.

마태오 복음 8장 17절에서 말씀하셨듯이, 예수님은 몸소 우리의 허약함을 받아 주시고 맡아 주시고, 우리의 병고를 짊어지셨습니다. 베드로의 첫째 서간 2장 24절에서도 "그분께서는 우리의 죄를 당신의 몸에 친히 지시고 십자 나무에 달리시어, 죄에서는 죽은 우리가 의로움을 위하여 살게 해 주셨습니다. 그분의 상처로 여러분은 병이 나았습니다"라고 기록하고 있습니다. 또 코린토 신자들에게 보낸 둘째 서간 5장 21절에서는 "하느님께서는 죄를 모르시는 그리스도를 우리를 위하여 죄로 만드시어"라고 표현했습니다. 외국의 번역을 보면 이보다 더 강하게 표현하고 있는데 'For our sake, God made the sinless into sin' 즉 '죄 없는 분을 죄 덩어리로 만드셨다'고 합니다.

어쨌든, 예수님께서는 당신이 하느님으로서 지니신 힘으로 우리를 구원하셨는데, 그 힘은 전능하신 분의 권능이 아니라 사랑입니다. 사랑으로 우리 모두의 죄와 그 결과를 껴안으시고 당신을 희생함으로써 우리를 구원하십니다. 당신을 완전히 비우시고 낮추시며 스스로 무(無)가 되심으로써, 우리의 죄와 우리의 더러운 모든 것까지도 받아들이시는 한없는 겸손과 자비로써 우리를 구원하셨습니다. '참으로 하느님이신 분께서 나를, 나를 이토록 사랑하신다, 나를 위해서 당신의 목숨까지도 바치셨다'는 사실을 깊이 깨닫고 묵상한다면, 참으로 우리는 그냥 있을 수 없을 것입니다.

한 프랑스 영성가는 '하느님께서는 당신의 사랑 때문에 미치셨다'라고 쓰고 있습니다. 그리고 독일 복음교회 신학자 위르겐 몰트만(Jürgen Moltmann, 1926~)은 이렇게 말했습니다.

"불타는 사랑으로 우리를 사랑하시는 그리스도, 박해당하시고 고통당하신 그리스도, 하느님의 침묵 속에 고통을 받으시는 그리스도, 우리 때문에 우리를 위해 그토록 철저히 버림받으신 그리스도는, 모든 것을 믿고, 모든 것을 의탁할 수 있는 형제이며 친구이십니다. 왜냐하면, 그분은 인간에게 닥칠 수 있는 모든 고통을, 또는 그 이상을 이미 다 겪으시고 알고 계시기 때문입니다."

제가 교도소에 직접 가 사형수들을 만나고 했을 때, 그 사형수들의 표정이 참으로 평화스러웠습니다. 그 사람들 거의 대부분이 교도소에서 회개했는데, 그들이 회개한 중요한 이유는, 하느님이신 분께서 나를 위해서 죽기까지 하셨다는 그 사실을 깨달았기 때문이었습니다. 이 이유로 회개했다는 말을 그들에게 들은 적이 여러 번 있었습니다.

십자가는 우리에 대한 하느님의 사랑의 극치를 잘 보여 줍니다. 우리는 십자가를 통한 하느님의 사랑으로 구원되었습니다. 예수님께서 십자가에 높이 매달리셨을 때 군중과 바리사이파 사람이 '네가 하느님의 아들이라면 네 목숨이나 건져라', '십자가에서 내려와 보아라' 하면서 예수님을 조롱하였습니다. 하지만 예수님께서는 사랑이신 하느님의 아들이므로 십자가에서 내려오지 않으셨습니다.

다섯째 날

십자가는 사랑과 믿음 그리고 희망을 갖게 합니다

과연 십자가는 우리에 대한 하느님 사랑의 극치를 증거합니다. 우리는 사실 십자가를 통해서, 즉 십자가를 통한 하느님의 사랑으로 구원되었습니다. 그리고 참으로 수많은 죄인들이 십자가를 통해서 회개했습니다. 이렇게 십자가를 통해서 드러나는 하느님의 사랑은 너무나 분명하고 큽니다.

제가 언젠가 아주 영성 깊은 벨기에의 맹인 신부님을 만나 뵌 적이 있는데, 이런 이야기를 하더군요. 어떤 여자 환자가 있었는데, 대학교 교수였던 그녀는 무신론자였다고 합니다. 벨기에에서는 어렸을 때 거의 다 세례를 받기 때문에 그녀는 이미 신자였지만, 어쩌다가 암에 걸려 입원했을 당시에는 완전히 하느님을 믿지 않고 있었답니다. 그 병원의 원목 신부님이 그녀를 회개시키려고 백방으로 노력했지만 성공하지 못했다고 하지요. 그 여자가 대학교 교수니까 토론으로라도 굴복시켜 보려고 신학자도 불러서 같이 이야기도 해 보았지만 소용없었다는 겁니다. 병원의 원목 신부님은 마지막으로 그 맹인 신부님께 와서 그녀를 만나 달라고 청했다고 합니다. 처음에는 맹인 신부님도 그렇게 훌륭한 신학자들도 못하는 일을 내가 어떻게 할 수 있겠는가 하고 거절했지만 원목 신부님이 하도 청하는 바람에 겨우 승낙을 했답니다. 하지만 그녀의 방에 들어설 때부터 내가 무슨 말을 할 수 있겠는가 하는 걱정이 앞섰고, 그저 "병문안을 왔습니다. 좀 어떠십니까" 하는 인사 정도밖에 하지 못한 채로 '하느님, 제발 무슨 말이든지 이 환자에게 할 수 있는 말을 생각나게 해 주십시오' 하고 기도만 했는데, 아무리 기도를 해도 할 말이 떠오르지 않아서 반시간가량 앉아서 땀만 흘리다가 그냥 병실을 나왔답니다. 그런데 얼마 후에 병원의 원목 신부님이 맹인 신부님께 고맙다고 인사를 하며, 그 여자 환자가 회개하고 고해성사를 잘 보고 선종했다고 전해 주었습니다. 맹인 신부님은 어떻게 된 일인지 궁금해했는데, 병원의 원목 신부님 말씀인즉 그 여자는 땀을 흘리며 기도하는 맹인 신부님의 모습 속에서 자신을 위해 십자가에 못 박혀 죽으신 예수님을 보았고, 그래서 회개했다고 합니다.

믿음을 잃었던 사람은, 십자가를 통해서 주님의 사랑을 깊이 깨닫고 다시 믿음을 얻게 됩니다. 희망을 잃었던 사람도 십자가를 통해 다시 희망을 얻고, 사랑을 잃었던 사람도 마찬가지입니다. 사도 바오로는 에페소 신자들에게 보낸 서간 2장 13절과 14절에서 이렇게 말하였습니다.

"그러나 이제, 한때 멀리 있던 여러분이 그리스도 예수님 안에서 그리스도의 피로 하느님과 가까워졌습니다. 그리스도는 우리의 평화이십니다. 그분께서는 당신의 몸으로 유다인과 이민족을 하나로 만드시고 이 둘을 가르는 장벽인 적개심을 허무셨습니다."

당신의 손과 발에 못 박는 사람들을 위해 기도하셨습니다

이처럼 십자가는 우리를 하느님께로 회개시키고, 원수가 되어 갈린 사람들이 서로 용서하고 친교하게 합니다. 또 사랑할 줄 모르는 사람을 사랑할 줄 아는 사람이 되게 합니다. 러시아의 철학자 니콜라이 베르댜예프(Nikolai Alexandrovich Berdyaev, 1874~1984)는 『역사의 의미』라는 책에서 이런 말을 했습니다. "십자가는 인류 역사의 지평 한가운데에 세워져 있다." 여기에 제가 더 보탠다면, 아담으로부터 시작해서 종말에 이르기까지의 모든 사람들을 하나로 모아, 십자가의 가로축으로 모든 사람을 일치시키고, 십자가의 세로축으로 하느님과 인간을 일치시키는 것입니다.

십자가를 묵상하면 할수록 우리는 거기서 더 많은 것을 배울 수 있습니다. 십자가의 주님은 먼저 우리의 모든 죄를 껴안으셨습니다. 우리는 자기가 저지른 잘못마저 남의 탓으로 돌리려고 합니다. 그런데 아무 죄도 없으신 주님은 모든 것을 당신의 죄로 짊어지셨습니다. 우리는 여기서 주님의 한량없는 겸손을 배울 수 있습니다.

런던의 러시아 정교회 총대주교로 서임되었던 안토니 블룸(Anthony Bloom)은 『기도의 체험』에서 겸손에 대해 말하면서, 겸손(Humilitas)은 'humus'라는 말에서 나왔다고 합니다. 이 단어는 '땅'을 의미하는데, 땅은 모든 것의 아래 즉 가장 낮은 데 있습니다. 바로 그 때문에 땅은 모든 것을 지탱해 주지만, 자기 자랑을 하지 않습니다. 게다가 인간은 모든 더러운 것들을 땅에 버리는데, 땅은 그저 그것들을 받아 줍니다. 이렇게 자기를 열고 있기 때문에, 땅은 하늘에서 내리는 빛과 물을 받을 수 있습니다. 그래서 거기에서 새로운 생명이 태어나고 30배, 60배, 100배의 결실을 맺게 됩니다. 바로 이것이 겸손이라는 겁니다.

저는 이 부분을 읽고 묵상할 때, 십자가의 예수님께서 깨우쳐 주신 겸손을 생각합니다. 예수님께서 십자가에서 돌아가실 때 과연 제쳐 놓으신 죄가 있었겠는가를 생각해 보고, 가끔 이스카리옷 유다를 떠올립니다. 물론 예수님께서도 유다에게 이 세상에 태어나지 않았더라면 좋을 뻔했다고 하셨고, 그래서 우리는 유다는 틀림없이 지옥에 갔을 것이라고 배웠습니다. 그런데 과연 예수님께서는 당신을 따른 제자였던 유다의 죄만은 지실 수 없다고 제쳐 놓으셨을까요? 그럴 것 같지 않습니다. 왜냐하면 예수님께서는 모든 인간의 죄, 아주 쓸모없어 보이는 사람의 죄까지도 모두 대신 지셨기 때문입니다. 그분의 겸손, 그분의 자비 ─ 갈대가 부러졌다고 해서 꺾어 버리지 않으시고, 심지가 깜빡거린다고 해서 꺼 버리지 않으시는 ─ 끝까지 살리려고 노력하시는 그 사랑과 자비, 그리고 용서. 예수님께서는 당신 손과 발에 못 박는 사람들을 위해서도 기도하셨습니다. "아버지 저들을 용서해 주십시오. 저들은 지금 무슨 짓을 하는지 모릅니다."

이렇게 묵상을 하면 할수록 우리는 십자가의 예수님으로부터 모든 덕을 다 배울 수 있습니다. 우리 교회가 시작되던 그날부터 박해가 있었습니다. 또 교회가 들어가는 곳이라면 박해가 없는 곳이 없었습니다. 그 박해 아래서 남녀노소 할 것 없이 수많은 순교자들이 피를 흘리며 목숨을 바쳤습니다. 그분들이 그렇게 신앙을 증거할 수 있었던 힘은 어디에서 나온 것일까요?

그들에게 있었던 믿음의 힘, 그것은 주님의 십자가에서 비롯되었습니다. 주님의 십자가를 바라보며 그 순교자들은 기쁘게 형장으로 나아갔습니다. 그분들에게도 주님과 같이 자신의 목을 치는 사람을 용서하는 마음이 있었겠지요. 이렇게 볼 때 십자가는 참으로 하느님의 힘이고, 하느님의 지혜입니다. 또 믿음이 없는 사람에게는 믿음을 주고, 희망이 없는 사람에게는 희망을 불러일으키고, 사랑이 메마른 사람에게는 사랑을 가져다주는 십자가는 참으로 가장 밝은 빛입니다. 이 빛은 그 어떤 빛보다도 우리를 밝게 비추어 줍니다. 시몬 베유는 예수님께서 십자가에서 세상 모든 사람들의 죄를 용서하신 것을 묵상하면서 질투심을 느낀다고 말했습니다. '예수님께서는 그렇게 모든 사람을 위해 죽을 수 있었는데, 나는 왜 모든 이를 위해 죽을 수 없는가' 하고 말입니다.

주님을 따르고자 하면 십자가를 져야 합니다

그런데 이런 십자가의 의미는 우리가 그 십자가를 살아야 비로소 깨달을 수 있습니다.

서울에는 밤이 되면 수많은 교회의 십자가가 불을 밝힙니다. 그렇게 해서 십자가의 의미가 더 밝아졌다면 좋겠는데 오히려 십자가의 빛을 더 어둡게 한 것은 아닌가 하고 생각합니다. 십자가의 빛은 십자가를 살아야 그 빛이 밝혀집니다. 예수님께서도 "나를 따르고자 하는 사람은 자기 십자가를 지고 나를 따라야 한다"(마태 16, 24, 마르 8, 34, 루카 9, 23)고 말씀하셨습니다. 그리고 요한 복음에서는 "친구들을 위하여 목숨을 내놓는 것보다 더 큰 사랑은 없다"(5. 13)고 말씀하셨고, 또 "밀알 하나가 땅에 떨어져 죽지 않으면 한 알 그대로 남아 있고 죽으면 많은 열매를 맺는다"(12. 24)고 말씀하셨습니다. 이 모든 말씀이 같은 뜻으로, 주님을 따르고자 하면 십자가를 져야 한다는 것입니다.

우리는 십자가를 살지 않으면 십자가를 이해할 수 없습니다. 사도들 역시 그랬습니다. 사도들도 처음에는 십자가를 전혀 이해하지 못했습니다. 예수님께서 제자들에게 당신이 겪으셔야 할 십자가형 죽음에 대해 처음으로 말씀하시면서(마태 16, 21-23), 당신이 대사제나 바리사이와 같은 백성의 지도자들에게 잡혀서 죽게 되리라고 예언하셨을 때, 베드로는 예수님의 앞을 가로막으며 절대로 그런 일이 일어나서는 안 된다고 말렸습니다. 그러자 예수님께서는 "사탄아 물러가라" 하고 호되게 꾸짖으셨습니다. 그 후 사도들은 부활하신 주님을 뵙고, 성령을 받고, 그때 비로소 십자가의 의미를 깊이 깨닫게 되었습니다. 부활하신 주님의 영광의 빛을 받아 그리스도 십자가의 필요성을 선포했습니다. 그리고 그들 모두가 주님을 따라서 십자가의 길을 가게 되었습니다. 사도 베드로는 로마에서 순교할 때 '주님과 같이 십자가에 똑바로 매달릴 수는 없다. 나를 십자가에 거꾸로 매달아 달라'고 청했을 정도입니다.

사도 바오로는 박해와 시련의 고통 속에서 자신의 몸으로써 더 깊이 주님의 죽으심을 체험했던 것 같습니다. 십자가는 이렇게 믿음을 가지고 몸으로 체험할 때 그 신비를 더욱 깊이 깨달을 수 있습니다. 그리고 십자가의 의미를 몸으로 깊이 깨달을 때, 우리도 사도 바오로와 같이 주님의 생명, 그 부활의 의미를 깊이 체험할 수 있는 것입니다. 우리가 조금이라도 그리스도 십자가의 그림자를 느끼며 살 수 있다면, 이것은 바로 증거의 삶이 될 것입니다. 어떻게 하면 이러한 삶을 살 수 있을까요?

저는 이렇게 생각합니다. 매일매일 자기 자신에게 주어지는 십자가를 지는 것이 그러한 삶이 아닐까요. 이것은 곧 있는 그대로의 자기 자신을 온전히 받아들이는 것입니다. 다시 말해서 우리가 특별히 고통을 당할 때에만 십자가를 지는 것이 아니라, 있는 그대로의 자기 자신—자신의 처지, 자신의 부족, 자신의 나약함, 자신의 실패 혹은 겪어야 하는 정신적·육체적 고통—을 있는 그대로 받아들이는 겁니다. 이것은 참으로 깊은 믿음의 자세입니다.

제가 앞서 폴 틸리히의 말을 인용하면서 '믿음이란 자기가 사랑을 받고 있다는 것을 받아들이는 용기'라고 했는데, 하느님께서는 현재의 나를 있는 그대로 받아 주십니다. 그러므로 나도 나의 부족함, 실패, 나약함 등 있는 그대로의 나 자신을 하느님께 보여 드릴 수 있을 만큼 받아들여야만 비로소 매일 십자가를 지고 사는 것이라고 할 수 있을 것입니다.

☩

여섯째 날

나를 업고 걸어가시다

사도 바오로의 말씀대로, 하느님이 계심으로써 내가 약할 때 오히려 강합니다.
우리가 할 일은 이제 그분께 언제나 나를 완전히 내맡기는 것입니다. 그분의
뜻에 따라서 사는 것입니다.

여섯째 날

| 오전 |

있는 그대로의 자기 자신을 받아들이십시오

자비로우신 주 하느님,

오늘 다시 저희에게 유익한 시간을 주심에 감사 드리오니

주님 안에 살고자 하는 저희들이 주님과 함께

십자가의 길을 갈 수 있게 하여 주소서.

주님께서 겪으신 그 고통에 저희도 함께

참여할 수 있게 하심으로써

주님의 수난과 십자가의 의미를

더 깊이 깨달을 수 있게 하여 주소서.

우리 주 그리스도를 통하여 비나이다.

아멘.

다섯째 날 우리는 그리스도 십자가의 신비에 대해서 묵상해 보았습니다. 또 매일 자기 자신의 십자가를 지고 가는 것이, 구체적으로 어떤 일은 정말 말할 수 없이 고통스러울 수도 있겠지만, 비록 그렇지 않더라도 우리 자신의 매일의 삶을 있는 그대로, 주어진 그대로 받아들이는 것이 십자가의 주님을 따르는 길이라고 말씀드렸습니다. 매일의 삶에서 어떤 때는 지루하거나 무의미해 보일 수도 있겠고, 어떤 때는 남으로부터 인정을 받지 못하는 소외감 속에 있을 수도 있겠고, 어떤 때는 '왜 하필 내가 이 자리에?' 하고 어떤 원망 섞인 마음을 가질 수도 있겠고, 어떤 때는 '왜 나는 이렇게 노력하는데 인정받지 못하는가?' 하는 마음이 생길 수도 있습니다. 육체적, 정신적 고통이 따를 수도 있고 없을 수도 있지만, 없으면 없는 대로 있으면 있는 대로 자기 자신 그대로를 받아들일 줄 아는 것, 이것이 중요합니다. 이것이 하나의 믿음입니다. 하느님께서 주신 모든 것을 있는 그대로 받아들인다는 그 믿음에 힘이 있기 때문입니다.

그런데 우리는 한편으로는 하느님께서 언제나 우리와 함께 계시다는 믿음이 있으면서도, 또 한편으로는 '정말 하느님은 계시는가?' 하고 의문을 품기도 합니다. 무고한 사람이 난데없는 사고나 병으로 고통을 겪어 '과연 하느님은 계시는가?' 하고 의심할 때, 우리 자신도 같은 의심을 품기도 하며 그런 사람 앞에서 뭐라고 말을 하면 좋을지 모르게 됩니다.

불과 며칠 전에도 저를 찾아온 어떤 부인으로부터 장성한 대학생 외아들을 갑자기 교통사고로 잃었으며 설상가상으로 미국에 유학을 하고 있는 딸이 무슨 정신적인 병고를 일으켰는지 7층에서 뛰어내렸다는 이야기를 들었습니다. 그 딸은 병원으로 실려 갔는데, 앞으로 일어날 수 있는지 아니면 평생을 누워서 살아야 할지 모르는 그런 상황이라고 합니다. 그 부인이 어머니로서 겪는 고통을 말할 때 저는 뭐라고 위로해야 좋을지 몰랐습니다. 그분이 그러한 불행을 겪고 신앙을 잃어버린 것은 아니지만, '하느님, 주님, 왜?' 하는 마음은 가지고 있었겠지요. 이런 이야기는 수없이 많습니다.

언젠가 신문에도 보도된 것 같은데, 한 부인이 남편을 잃고 세 자녀와 함께 서울로 왔습니다. 하지만 생활의 근거랄 것도 없으니 막노동을 하였지요. 공장의 허드렛일도 하고 파출부도 하고, 그렇게 온갖 고생을 다 하면서도 그 부인은 오직 세 자녀를 키우는 재미로 살았습니다. 그 어머니의 목표는 세 자녀를 적어도 고등학교까지 보내는 것이었습니다. 그러던 어느 날 그 부인이 일찍 일터로 나간 다음에 세 자녀만 남아 있던 집이 누전으로 불이 나 버리고 맙니다. 그렇게 세 자녀 모두를 잃은 그 어머니에게 무슨 말을 해 줄 수 있겠습니까? '참으로 하느님은 무심하시다'라고 말하더라도 우리는 대꾸할 말이 없습니다.

어떤 이들은 이러한 경우를 당하여 무신론자가 되기도 하지요. 실존주의 철학자라고 칭하는 까뮈(A. Camus, 1913~1960)나 사르트르 (J. P. Sartre, 1905~1980) 같은 사람들은 "하느님께서 참으로 계시다면 무고한 사람들이 왜 고통을 당하도록 내버려 두시는가?"라는 말을 합니다. 시편 10장 4절에서는 악인들이 고통을 받으면서도 하느님께 의지하는 사람을 비웃으며 "하느님은 벌하지 않는다. 하느님은 없다!"고 말합니다.

그런데 문제는 고통이나 죽음이 끝이고 전부냐는 것입니다. 만일 인생에 있어서 고통과 죽음이 전부이고 끝이라면 아무도 그런 불행에 대해서 설명할 길이 없습니다. 졸지에 세 자녀를 잃은 부인에게 우리가 무슨 말을 할 수 있겠습니까? 병원 중환자실에서 죽어 가는 말기 암환자, 이제 남은 것이라고는 교수대에 올라 처형되는 것밖에 기다릴 것이 없는 사형수, 불의의 교통사고로 평생을 누워서 지내야 하는 전신마비의 젊은이, 이런 사람들에게 현세가 전부이고 그 뒤에는 아무것도 없다면 우리는 위로는커녕 아무런 할 말도 없을 것입니다. 현세가 전부이고 끝이면 이러한 세상, 이렇게 불행과 고통이 많은 세상을 만든 하느님, 그런 인생밖에 살 수 없게 만든 하느님은 결코 선한 하느님이라고 말할 수 없을 것입니다. '도대체 그런 하느님은 처음부터 없는 것이 아닌가?'

하는 생각이 들 수 있을 거란 말입니다. 그리고 현세가 전부이고 죽음으로써 모든 것이 끝나고 만다면 우리 인생은 그 자체가 모순이며 부조리입니다. 무엇 때문에 양심을 지켜야 하며, 무엇 때문에 선을 수호하고 악을 피해야 하는지 이유를 찾을 수 없겠지요.

고통은 새로운 세계를 열어 주는 문입니다

그러나 결코 현세가 전부가 아니며, 또 죽음이 인생의 끝은 아닙니다. 이것이 우리의 믿음입니다. 우리는 사도신경에 따라 "육신의 부활과 영원한 생명을 믿습니다"라고 우리의 신앙을 고백합니다. 하느님께서 계시하시는 말씀을 통해서 볼 때, 오히려 죽음은 새로운 삶의 시작입니다. 이럴 때 우리 모두가 맞이해야 하는 죽음은 참으로 신비스럽습니다. 살아 있는 우리 중에서 어느 누구도 완전한 의미에서 죽음을 체험한 사람은 없습니다. 그 때문에 죽음이란 것은 미지의 세계입니다. 그러나 분명한 것은 하느님께서 계시를 통해서 약속하신 새로운 생명, 그리스도와 함께 누리는 부활의 새 생명은 이 죽음 뒤에 있다는 것입니다. 그러므로 죽음은 우리에게 부활의 새 생명, 새로운 세계를 열어 주는 문이 되는 것입니다.

코린토 신자들에게 보낸 첫째 서간 2장 9절의 말씀을 다시 새겨 봅시다.

"어떠한 눈도 본 적이 없고 어떠한 귀도 들은 적이 없으며 사람의 마음에도 떠오른 적이 없는 것들을 하느님께서는 당신을 사랑하는 이들을 위하여 마련해 두셨다."

하느님께서 사랑하는 인간들을 위하여 마련해 두신 것은 우리의 모든 상상과 모든 지식을 초월하는 말할 수 없이 아름답고 좋고 복된 것입니다. 이것은 곧 하느님 당신의 영원한 생명에 우리들을 참여시키는 것입니다. 이렇게 말로나 글로써 표현할 수 없는 좋은 선물을 하느님께서는 우리를 위해서 준비하고 계십니다. 그렇다면 죽음은 바로 그 선물을 받는 순간이라고 해도 과언이 아닙니다. 아름답게 포장된 그 선물 보따리를 푸는 순간이 죽음인 것입니다. 이렇게 생각하면 기대가 되지요. 죽음은 마치 터널처럼 그곳을 지나면 빛이 아름답게 비추는 세계로 연결되는 길이라 기대가 됩니다.

죽음 뒤의 삶에 대해서 까를로 까레또는 어느 책에서 "우리의 현재는 우리가 새로운 생명으로 다시 태어나기 위하여 그것을 향하여 자라는 '태(fetus, 胎)'와도 같다"고 말했습니다. 태중에서 아기가 자라듯이 우리도 현세라는 큰 태(胎) 안에 있으며, 이 태를 벗어나면 새로운 세계, 영원한 세계, 끝도 없는 세계, 하느님의 영광으로 가득 찬 그 세계로 가는 것이지요. 이렇게 볼 때에 모든 인간에게 어김없이 부여된 철칙인 죽음은 우리에게 불안과 공포만을 주는 불행하고 절망적인 운명이 아니라, 오히려 현세의 고통에서, 묵시록의 말씀처럼 고통도 슬픔도 눈물도 없는 그런 아름다운 세상, 빛나는 세상, 기쁨과 행복으로 가득 찬 생명으로 우리를 옮겨 주는 다리라고 말하지 않을 수 없습니다. 그래서 우리가 드리는 위령미사의 감사송에서도 "믿는 이들에게는 죽음은 죽음이 아니요 새로운 삶으로 옮아감"이라고 표현하고 있습니다.

그럼에도 불구하고 우리는 그것을 믿을 뿐 현재 고통을 당하는 사람에게 '이것이다'라고 보여 줄 수는 없기 때문에 그런 사람을 대하게 되면 여전히 할 말을 찾기가 힘듭니다. 고통을 실제로 겪고 있는 사람, 더구나 그가 깊은 신앙을 가진 사람이 아닐 때에는, '여보게, 천국의 축복이 크니까 잘 참게'라고만 말할 수 없습니다.

다만 고통과 시련은 참으로 신비스럽습니다. 그것으로 인해 무신론자가 된 사람도 없지 않지만, 오히려 신앙을 가지게 된 사람이 훨씬 더 많다고 저는 생각합니다.

제가 서울교구장으로 오자마자 우리 의과대학에서 사고가 났습니다. 설악산에 간 학생들이 계곡에서 야영을 했는데, 그해 비가 많이 와서 갑자기 불어난 계곡물로 일곱 명인가 여덟 명인가가 한 꺼번에 죽었어요. 그때 우리 학교에서 해 줄 수 있었던 것은 공동 으로 장례를 치르는 것이었는데, 그 일을 계기로 두 가정이 영세 를 받았습니다. 그중에서 한 가정은 온 식구가 영세를 받았고, 다 른 가정은 어머니하고 죽은 학생의 누이동생이 받았는데 그분들 은 지금도 신앙생활을 열심히 하고 있습니다. 그러니까 졸지에 자 식이나 가족을 잃는 불행을 겪고 나서도 그런 결과가 있었던 것입 니다.

또 미얀마의 아웅산에서 폭탄 테러(1983년 10월 9일_편집자)로 인해 많은 분들이 희생되셨지요. 놀랍게도 그 사건 이후 그곳에서 희생 된 분들의 부인들 가운데 여러 사람이 신자가 되었습니다. 그중에 서도 함병춘 씨 부인의 경우가 특별합니다. 그분은 그 사건이 있 고 나서 처음 몇 달 동안 그야말로 '주여, 왜?'라는 질문처럼 '왜, 왜, 왜 하필 내 남편에게' 하는 말만 나오지, 누가 와서 위로해 주 는 신앙의 말은 한마디도 귀에 들어오지 않았답니다. 그 당시에는 매일 국립묘지에 가서 우는 것이 일이었다고 합니다. 그렇게 앞이 캄캄했답니다. 그랬는데, 그다음 해 2월 8일이라고 제가 기억하는 데, 하루는 집안에서 유일한 가톨릭 신자 한 분에게서 '아주머니, 제가 아주머니께 뭐든 도와드리고 싶은데 달리 뾰족한 수는 없고 혹시 원하신다면 한 신부님을 소개해 드리고 싶습니다. 만나 보실 생각은 없습니까?'라는 내용의 전화가 걸려 왔답니다. 그렇게 해서 정의채 신부님을 만나게 되었답니다. 정의채 신부님이 불광동에 계실 때인데, 한 번 만난 후 두 번 만나게 되고, 세 번 만나게 되면서 그 만남이 쌓였어요. 그래서 세례를 받게 되었는데, 정의채 신부님의 부탁으로 제가 세례성사를 드렸고, 그때 합석한 두 아들에게 '언제 두 아드님도 어머니와 같이할 뜻은 없습니까?' 물었더니, '있습니다'라고 대답을 했어요. 그리고 그 이듬해 성모승천대축일에 두 아들도 세례성사를 받았습니다. 그때 그 어머니가 이렇게 말했습니다. '지금은 모든 것을 다 하느님이 주신 은혜로 알고 감사하고 있습니다'라고 말이지요. 언뜻 이해하기 어렵지만 고통을 통해서 하느님을 보다 더 깊이 알고 감사하게 된 것입니다.

여담이 길었습니다. 아무튼 고통이 없는 인생을 한번 생각해 보십시오. 그것은 어떤 인생이겠습니까? 사람은 너무 고통을 겪고, 또 고통에 짓눌려도 비인간화될 위험이 없지 않지만, 반대로 인생에 고통이 없다면, 고통이 무엇인지 상상도 할 수 없을 만큼 아픔도, 시련도, 수고도, 슬픔도 그 어떤 어려움도 없다면 그것은 어떤 인생이겠습니까? 깊이가 없는 인간, 인간의 모습을 지니기는 했어도 인간의 정과 마음이 없는 비인간의 상태일 것입니다. 다행히도 고통이 없는 이런 인간이 현실에는 없기 때문에 우리는 상상해 볼 뿐입니다.

고통은 하느님께서 같이 있다는 신호일지 모릅니다

한편으로 고통은 우리 개개인에게 있어서 받아들이기 힘들기 때문에 싫은 것이며 피하고 싶은 것이고, 그래서 고통에서 구하여 주시도록 기도하는 것입니다. 또 한편으로 고통이 우리를 더욱 깊이 있는 인간, 더욱 신앙적인 인간으로 만들어 주고, 우리로 하여금 더욱 하느님께로 향하게 하며, 그리스도를 닮게 해서 참된 신앙의 삶을 살게 하는 것도 사실입니다. 과연 하느님께서는 고통 속에서도 사랑의 하느님으로 현존하시면서 우리와 함께하십니다.

사도 바오로가 "이제는 내가 사는 것이 아니라 그리스도께서 내 안에서 사시는 것입니다"(갈라 2, 20)라고 하였을 때, 그리스도는 바로 바오로 사도가 겪고 있는 고통도 함께 겪고 있는 그리스도이실 것입니다. 왜냐하면 사도 바오로가 그 말을 하기 바로 전에 "나는 그리스도와 함께 십자가에 못 박혔습니다"(갈라 2, 19)라고 말하고, 이어서 "그리스도가 내 안에서 사시는 것입니다"라고 말하기 때문입니다. 그리고 필리피 신자들에게 보낸 서간 3장 10절에서는 "나는 죽음을 겪으시는 그분을 닮아, 그분과 그분 부활의 힘을 알고 그분 고난에 동참하는 법을 알고 싶습니다"라고 말합니다. 사도 바오로는 늘 희망을 지니고 살았습니다. 코린토 신자들에게 보낸 둘째 서간 4장 17절을 보면, 바오로는 자신이 굉장한 고난을 겪었음에도 불구하고 '가벼운 환난'이라고 표현하면서 "우리가 지금 겪는 일시적이고 가벼운 환난이 그지없이 크고 영원한 영광을 우리에게 마련해 줍니다"라고 말합니다.

'고통의 인간'에 대해 말한다면, 아마 십자가에 못 박히신 그리스도, 이분이야말로 참으로 고통의 대표적인 인간이라고 말할 수 있습니다. 위르겐 몰트만의 말대로 그리스도는 인간에게 닥쳐올 수 있는 모든 고통을, 또는 그 이상을 이미 겪으신 분입니다. 그래서 고통 중에 있는 사람이라면 누구나 믿고 모든 것을 부탁할 수 있는 형제요 친구이십니다. 우리는 확실히 고통을 통해서 그리스도를 알게 되고 그분과 깊은 일치를 이루게 됩니다.

물론 고통에도 참으로 무서운 고통이 있습니다. 예를 들면, 소화 데레사 성녀가 병중에 체험한 하느님이 없는 고통, 하느님 부재의 고통은, 그분 자신의 표현을 따른다면, 무신론적 고통, 무신론적 밤이었습니다.

개신교 신학자 디트리히 본회퍼(Dietrich Bonhoeffer, 1906~1945)는 이런 표현을 했습니다. "우리는 하느님 앞에 있고, 하느님과 함께 있고, 또 하느님 없이 있다." 이 세 가지 상황이 항상 우리에게 일어납니다. 어떤 때는 하느님과 함께 있고, 어떤 때는 하느님 앞에 있는 것 같은데, 또 어떤 때는 하느님께서 계시지 않는 듯한 상태에 있기도 합니다.

또 시몬 베유는 이런 말을 했습니다. "그리스도교가 월등하게 위대한 것은 고통을 없애는 약을 주기 때문이 아니라 고통을 올바르게 볼 수 있게 하기 때문이다." 이 말처럼 그리스도교는 우리로 하여금 고통을 면할 수 있게 하지는 않습니다. 복음은 절대로 우리가 고통을 겪지 않을 것이라고 말하지 않습니다. 오히려 반대로, 그리스도는 영광을 차지하기 전에 고통을 겪어야 하고, 우리가 그리스도를 따르려면 자기 목숨을 버리고 자기 십자가를 지고 따라야 한다고 분명하게 말합니다.

어떤 분이 돌아가신 어머니를 기억하면서 상본(像本)을 만들었는데 그 상본 뒤에 "주님께서는 우리 고통 중에 함께 계신다"고 써 놓은 글귀가 참으로 인상적이었습니다. 참으로 주님께서는 우리의 고통 중에 함께 계십니다. 이것을 잘 드러내는 이야기가 있습니다.

어느 날 나는 꿈에 주님과 함께 바닷가 백사장을 걸었습니다. 모래 위에는 지나온 길을 따라 두 개의 발자국이 쭉 찍혀 있었습니다. 내 생애의 마지막이 되어 지나온 길을 회상하면서 모래 위에 찍힌 발자국을 살펴보았습니다. 그런데 여러 번 발자국이 한 개밖에 없는 것이 보였고, 그때는 내 생애에서 가장 어렵고 힘들었던 순간이었다는 것을 알게 되었습니다. 그래서 언짢은 마음이 되어 주님께 여쭈었습니다. "주님, 주님을 따르기로 결심하면 끝까지 저와 함께 계시겠다고 약속하시지 않았습니까? 그런데 제가 가장 고통스럽고 어려웠을 때는 발자국이 한 개밖에 보이지 않습니다. 주님께서는 왜 그 순간에 저와 함께 계시지 않았습니까?" 그러자 주님께서 이렇게 말씀하셨습니다. "사랑하는 아들아, 나는 너를 결코 떠난 적이 없다. 네가 고통 중에 있었을 때 발자국이 하나밖에 없는 것은 내가 너를 업고 있었기 때문이란다."

지금 우리와 함께 계시다

주님, 나를 받으소서.

나의 모든 자유와 나의 기억력과 지력과 모든 의지와

내게 있는 것과 내가 소유한 모든 것을 받아들이소서.

당신이 내게 이 모든 것을 주셨나이다.

주여 그 모든 것을 당신께 도로 드리나이다.

모든 것이 다 당신의 것이오니 온전히 당신의 의향대로

그것들을 처리하소서.

내게는 당신의 사랑과 은총을 주소서.

이것이 내게 족하나이다.

아멘.

이제까지 수난과 십자가의 의미에 대해 생각해 보았습니다. 이제 마지막으로 부활에 대해서 함께 생각해 보겠습니다.

'그리스도와 함께 죽으면 그리스도와 함께 부활한다'라는 성경 말씀은 우리가 이승에서 그리스도를 믿고 살면서 그분과 함께 죽으면 그분과 함께 부활하여 영원히 산다는 뜻일 것입니다. 그러나 아직 죽지 않아도 십자가를 깊이 체험한 사람은 주님의 부활도 깊이 맛보게 되고, 그 부활의 기쁨을 이미 이승에서도 체험한다고 할 수 있습니다. 이런 것을 여러분도 여러분 자신 안에서 볼 수 있겠고, 신자들 가운데서도 그렇게 사는 분들을 많이 보았을 것입니다.

제가 여러 번 예를 든 사형수들, 그들의 얼굴에는 교도소 밖에서는 도저히 찾아볼 수 없는 평화가 깃들어 있습니다. 그 평화는 바로 그리스도 부활의 평화가 아닌가 생각합니다. 육신으로 볼 때는 희망이 전혀 없는 상황에 놓인 사형수인데도 얼굴이 그렇게 밝고 기쁨이 흐르는 것은 참으로 놀라운 일이 아닐 수 없습니다.

참 오래되었습니다만, 1966년 4월 18일 대구에서 한 사형수의 사형 집행에 입회하였습니다. 몸도 아주 좋고 얼굴도 잘생긴 헌병 출신의 젊은이였는데 어떻게 민사재판을 받아서 살인강도로 사형을 선고받았습니다. 그 사람은 교도소에 들어와서 개신교 신앙을 가졌는데, 나중에 책을 읽고 가톨릭이 진교(眞敎)라고 깨닫게 되어서 언제 죽더라도 죽는 날까지는 진교를 믿으며 살고 싶다고 해서 천주교로 온 사람이었습니다. 그런데 수녀님을 통해서, 이미 성경을 많이 알고 있으니까, 천주교 교리에 관계된 것만 배우고 있었을 뿐이지 세례는 아직 받지 않고 있었습니다.

주교 임명을 받고 교도소에 가지 않게 되었던 저는 교도소장에게 '만일 그 청년에 대한 사형을 집행할 때에는 꼭 나에게 알려 달라'고 부탁해 놓았습니다. 사형 집행 날, 필요한 법적 절차가 먼저 있었고, 저에게 시간을 주어서 그 사람에게 다가갔습니다. 교수대 앞이라 긴 이야기를 할 수 없었기 때문에, 그 사람에게 세례를 준 목사님이 거기 함께 있었지만, 저는 그에게 하느님께 대한 근본 믿음을 물은 다음에 임종할 때 잘 죽으라고 요셉이라는 세례명으로 조건부 세례를 주고 요한 복음에서 라자로의 부활 대목에 나오는 예수님의 말씀 '나는 부활이요 생명이니…'를 읽어 주었습니다. 그리고 그 사람의 유언을 들었는데 참 좋은 내용이었습니다. 그는 감방 안에서 전교를 해서 누구는 어느 정도까지 신앙을 갖게 되었고 하는 식으로 한 사람 한 사람을 인계한 다음, 자기 자신이 죽으면 시신을 교회 묘지에 묻어 달라고 부탁했습니다.

제가 이야기하고 싶은 요점은 이제부터입니다. 그렇게 모든 절차가 다 끝나고 그는 아주 태연하게 교수대에 올라갔습니다. 그런데 그날 그만 교수대가 고장이 나는 바람에 그 사람은 묶인 채

바닥으로 떨어져 버렸습니다. 그 광경을 지켜보던 교도소 소장은 '남자는 아주 태연하게 올라갔지만 사실은 심장마비로 죽었을 것'이라고 했습니다. 저 역시 떨어진 자리에서 아무런 소리도 기척도 없어서 죽었다고 생각했습니다. 그런데 간수 한 명이 와서 그가 지금 바닥에서 아주 싱글싱글 웃고 있다고 전하는 것이었습니다. 모두 놀라 가 보았더니 몸이 묶인 채로 바닥에 굴러떨어진 그의 얼굴이 어떻게 그렇게 밝을 수 있는지, 그는 아프다는 말도 없이 정말 웃고 있었습니다. 교도소 소장이 교수대를 고쳐서 다시 사형 집행을 하라고 명령을 내렸고, 간수들은 그가 보는 앞에서 교수대를 고쳤습니다. 그때 우리 모두는 젊은 사람을 두 번 죽이는 것이 아닌가 하여 정말 안타깝고 가슴이 아팠습니다. 그런데 본인은 아주 태연하였고 오히려 우리를 위로하였습니다. 그때 그는 우리에게 "여러분도 믿음을 가지십시오. 특별히 저는 부활에 대한 믿음을 가지고 있습니다. 지금 제가 죽는 것이 가장 좋은 죽음이 될 수 있도록 마음의 준비가 되어 있습니다"라고 했습니다.

그는 그렇게 부활의 기쁨 속에서 죽음을 맞이했습니다. 마치 새롭고 참된 생명을 얻는 사람과 같은 자세로 사형 집행에 임했습니다. 그리고 그때 제가 주교로 임명된 것을 어떻게 전해 들었는지 저보고 '주교님, 지금 몇 시입니까?'라고 물어서 제가 몇 시쯤이다라고 답하니까, '앞으로 30분 후면 저는 천당에 가 있겠습니다. 제가 주교님을 위해서 기도하겠습니다'라고 말했습니다. 정말 감동적이었습니다. 거기에 있던 사람들 모두가 '우리가 그를 위로해야 되는데 도리어 그가 우리를 위로하는구나'라고 생각했습니다. 그는 그렇게 죽었습니다. 저는 교도소 문을 나오면서 '나도 저렇게 죽을 수 있는가, 저렇게 죽을 수 있다면…' 하고 부러워했습니다. 그 사람에게는 그리스도의 부활에 대한 믿음이 확고하게 있었던 것입니다.

그 밖에도 여러 가지 예를 들 수 있습니다만, 우리 교구에 김재문 신부라고 신부 된 지 1년도 안 되어 신부전증으로 양쪽 눈을 실명하고 선종한 신부님의 얘기를 하지요. 그분이 실명하고 난 다음에 '그리스도는 나의 길이다, 그리스도는 우리의 길이다'라는 것을 굉장히 강하게 느껴서인지, 그가 '그리스도는 길이다'라고 말할 때면 마치 제가 그 고통을 체험하는 것 같았습니다. 그분은 오히려 고통을 통해서 '그리스도는 길이다. 나는 그리스도 없이 살 수 없다'고 고백하였던 것입니다. 또 '두 눈을 잃었는데 세상이 더 아름답게 보입니다'라고도 말하였습니다. 두 눈을 잃어서 아무것도 보지 못하는데 세상이 아름답게 보인다니 보통 사람으로서는 참 알아듣기 힘든 말이지요.

그리고 예전에 특수 사목에 종사하다가 폐암에 걸려 돌아가신 켈리(Kelly) 신부님도 생각납니다. 돌아가시기 전 제가 방문했을 때 그분은 "많은 분들이 저를 위해서 기도하시는 것 같습니다. 제 마음이 이렇게 편할 수가 없습니다"라고 말씀하시면서 기쁜 얼굴을 하고 계셨습니다. 이런 사람들은 주님과 함께 고난을 겪었기 때문에 주님과 함께 부활하는 기쁨을 미리 맛본 것이 아닌가 생각합니다.

부활은 우리 그리스도인들의 믿음의 근본입니다

이제 예수님의 부활에 대해서 묵상하고 싶습니다. 우리가 믿는 그리스도교는 결코 윤리 도덕을 가르치는 도덕 종교가 아닙니다. 또 비록 과거의 사랑과 은공에 대하여 감사를 드리지만 현재는 살아 계시지 않는 조상을 섬기듯, 예수님을 성인이고 거룩한 분이지만 현재는 살아 계시지 않는 분으로 섬기는 그런 종교도 아닙니다.

그리스도교는 분명히 십자가에 못 박혀 죽으셨지만 부활하시어 지금도 우리 가운데 계신 우리의 주님, 우리의 구세주, 우리를 참으로 살리시는 그리스도를 믿는 종교입니다. 그러기에 부활은 진정 우리 신앙의 바탕이요 중심이며, 미래의 영원한 생명에 대한 믿음과 희망과 기쁨입니다. "그리스도께서 참으로 부활하셨고 우리도 그리스도와 함께 부활할 것이다. 그래서 그리스도 안에서 그리스도와 함께 하느님의 영원한 생명을 끝없이 누릴 것"이라는 것이 우리 그리스도교 신자들이 가지고 있는 믿음입니다. 코린토 신자들에게 보낸 첫째 서간 15장 16절과 17절에서 사도 바오로는 이렇게 말하였습니다.

"죽은 이들이 되살아나지 않는다면 그리스도께서도 되살아나지 않으셨을 것입니다. 그리스도께서 되살아나지 않으셨다면, 여러분의 믿음은 덧없고 여러분 자신은 아직도 여러분이 지은 죄 안에 있을 것입니다."

부활 신앙은 우리 믿음의 근본입니다. 어떤 측면에서 사도 요한은 그리스도의 육화의 신비를 믿는 것이 믿음의 근본이라고 강조하고, 사도 바오로는 부활을 더 강조하는 듯합니다. 하지만 두 가지가 다 같은 진리입니다.

사도 바오로에 의하면, 부활하신 그리스도께서는 '그리스도의 몸'인 우리 교회의 머리로서 교회와 함께 계시고 교회를 살리고 계십니다. 따라서 그리스도의 몸인 교회는 부활하신 그리스도의 생명으로 지금 살고 있으며, 모든 지체들 역시 바로 그 생명으로 살고 있습니다. 사도 바오로가 '나에게는 내 주 그리스도를 아는 지식이 가장 존귀합니다'라고 말하였을 때, 주 그리스도는 바오로에게 있어서 바오로 자신이 살고 있다는 것보다도 더 참된 의미로 살아 계신 주님을 두고 한 말이라고 믿습니다. 이것은 결코 죽은 예수님을 사모해서 하는 말은 아닙니다. 그래서 '그리스도는 생의 전부이다'라고 서슴없이 말한 것입니다. 그는 그리스도를 얻고 그리스도와 하나가 되기를 간절히 소망하였습니다. 그리고 거기에 방해가 되는 모든 것을 '쓰레기'로 여긴다고 말하였습니다. 그는 또한 '내 안에 사는 것은 내가 아니요 그리스도이시다'라고 말하였습니다. 이것이 바오로뿐만 아니라 모든 사도들의 믿음이었습니다. 이렇게 부활은 우리 그리스도인들의 믿음의 바탕입니다. 또 이것은 우리가 전하는 복음 자체이기도 합니다.

신약성경과 구약성경을 구분할 것 없이 신구약 전체가 주님의 부활이 있기 때문에 지금 살아 있고, 지금도 살리는 생명의 말씀이 될 수 있습니다. 만일 예수 부활을 뺀다면, 예수 부활이 없다면 복음 말씀은 죽습니다. 그렇다면 아무런 생명력이 없으며, 오히려 모순이요 무의미한 것에 불과합니다. 복음 말씀, 성경 말씀이 우리에게 생명의 말씀이 되고 우리 마음을 밝히는 빛이 되며 우리 영혼을 살리는 양식이 되는 것은 그리스도께서 부활하셨고, 부활하신 그리스도께서 말씀 속에 살아 계시기 때문입니다.

또한 모든 성사를 통하여 받는 은혜라는 것은 결국 무엇입니까? 그것은 곧 성령을 통하여 부활하신 주님의 생명을 받는 것입니다.

교회가 시작되자마자 대사제들과 율법학자들과 바리사이파의 지도자들은 사도들을 잡아 가두기도 하고, 매를 때리기도 하면서 교회를 박해하였습니다. 그 와중에 스테파노는 죽기까지 했습니다. 그런데 그런 무서운 박해 속에서도 사도 베드로를 위시하여 모든 사도들이 목숨을 바치면서까지 믿고 선포한 복음은 '십자가에서 죽으신 예수님께서 부활하셨다!'는 것이었습니다. 왜냐하면 그들 모두가 이 부활의 증인이며 목격자였기 때문입니다.

"당신들이 악인들의 손에 넘겨 죽인 예수를 하느님께서는 다시 살리셨습니다."

사도행전 2상 23절과 36절의 이 말씀은 사도 베드로가 성령강림 때 성령을 가득히 입고 다른 사도들과 함께 자신들에게 몰려든 군중에게 힘차게 전한 첫 복음의 내용입니다. 여기서 베드로는 하느님의 위대한 구원 계획을 말하고 그것이 나자렛 예수에게서 실현된 것과, 그럼에도 불구하고 이스라엘은 그분을 알아보지 못하고 악인들에게 넘겨서 죽게 하였다는 것, 하지만 하느님께서는 그분을 부활케 하셨다는 것을 전한 후 바로 이 예수를 하느님께서 다시 살리셨으니 '우리는 그 증인입니다'라고 선포합니다. 사도행전 4장 20절에서도 "우리로서는 보고 들은 것을 말하지 않을 수 없습니다"라는 말씀이 나오는데, 이는 사도들이 목격자라는 의미입니다. 당시의 유대인들에게는 청천벽력과 같은 말이고 믿을 수 없는 말이었겠지만, 이것은 사도들도 양보할 수 없고 목숨을 바쳐서라도 수호할 수밖에 없는 진실이었습니다.

사도행전 3장 1절부터 10절까지를 보면, 베드로와 요한은 솔로몬 행각에서 구걸하고 있는 앉은뱅이를 예수 그리스도의 이름으로 벌떡 일어서게 합니다. 그때 베드로는 구걸하고 있는 그에게 "나는 은도 금도 없습니다. 그러나 내가 가진 것을 당신에게 주겠습니다. 나자렛 사람 예수 그리스도의 이름으로 말합니다. 일어나 걸으시오"라고 말하며 손을 내밀었고, 앉은뱅이는 벌떡 일어나서 걸어 다니게 되었습니다. 이 일이 성전에서 일어났기 때문에 유다의 지도자들인 대사제들 사이에서는 난리가 났지요. 사도들을 불러서 엄하게 추궁했지만 그게 사실인 것을 어떡합니까? 그래서 자기들끼리 의논한 다음 다시는 예수의 이름으로 무엇을 해서도 안 된다고 했지만, 베드로와 요한 등 사도들은 하느님의 말씀보다 인간의 말을 듣는 것이 하느님 보시기에 옳은 것인지 판단해 보라고 응답하면서, 물론 그들의 말을 따르지 않았습니다.

부활하신 예수님께서는 구원과 생명의 주님입니다

부활은 믿음 그 자체입니다. 왜냐하면 부활하신 예수님을 직접 본 이들이 증언하는 것이기 때문입니다. 하지만 이것은 증명할 수 있는 것도 증명할 필요가 있는 것도 물론 아닙니다. 사도들은 부활하신 예수님을 만났으며, 그분과 이야기를 나누고, 그분의 가르침을 다시 받고, 뿐만 아니라 당신 부활의 증인으로서 새롭게 권한도 받고, 파견도 받았기 때문에 어떤 일이 있어도, 어떤 박해에서도 부활의 증인으로서 끝까지 복음을 전하였습니다. '너희들은 나보다 더 큰 일을 할 것이다'라고 예수님께서 직접 말씀하신 대로 사도들은 예수님보다 더 큰일을 했다고 할 수 있습니다. 왜냐하면 사도들은 예수님처럼 제한된 지역이 아니라 온 세상에 구원의 기쁜 소식을 전하였기 때문입니다. 사도행전만 보아도, 베드로가 지나갈 때 그의 그림자만이라도 스쳐 지나가도록 하기 위해서 병자들을 데려다 놓지요. 그런 현상이 예수님께는 없었습니다. 사람들이 보기에 사도들이 예수님보다 더욱 위대한 것 같았겠지만, 사도들이 누구보다 잘 알고 있듯이, 그것은 물론 자신들의 능력이 아니라 '부활하신 예수님께서 우리와 함께 계시다'는 믿음에 의해서 가능했습니다. 그래서 '예수 그리스도의 이름으로 말하니 일어나시오'라고 말했던 것입니다.

성령강림 날부터 사도들이 증언한 것은 예수님의 부활만이 아닙니다. 그분이 우리의 주님이 되시고 우리의 그리스도 즉 구세주가 되신다는 것을 동시에 증언하였습니다. '주님'이라는 말은 깊은 뜻을 지니고 있습니다. 예수는 주님이시다, 즉 선조들을 통하여 예언된 메시아, 바로 구원과 생명의 주님이시라는 뜻입니다. 초대교회는 이 믿음 위에 세워졌습니다. 더 나아가 '주님'이라는 말은 토마스가 부활하신 예수님께 '저의 주님, 저의 하느님'이라고 고백한 것처럼, 십자가에 못 박혀 죽으시고 부활하신 예수님께서는 이 세상 모든 권세 위에 계시고, 모든 것을 발아래에 굴복시키신 주님이시라는 뜻입니다. 이처럼 '주(主)'라는 개념에는 어떤 제한도 있을 수 없고 세상 모든 권세가 예수님에 의해 굴복당했다는 뜻이 포함되어 있습니다.

사도 바오로는 필리피 신자들에게 보낸 서간 2장 9절에서 "그러므로 하느님께서도 그분을 드높이 올리시고 모든 이름 위에 뛰어난 이름을 그분께 주셨습니다"라고 말합니다. 이 말은 예수님께서 본래는 하느님과 본질을 같이하는 분이신데, 당신을 비우고 낮춤으로써 우리와 같은 사람이 되시어 아버지이신 하느님의 뜻에 죽기까지, 십자가에 달려서 죽기까지 순종하셨다는 것을 전제합니다. 즉 케노시스(Kenosis, 그리스어로 자신을 비우는 것을 뜻한다_편집자)의 극치에 이르도록 예수님께서는 당신을 비우시고 낮추셨다는 말입니다.

"그러므로 하느님께서는 그분을 높이 올리시고 모든 이름 위에 뛰어난 이름을 주셨습니다. 그래서 하늘과 땅 위와 땅 아래에 있는 모든 것, 모든 존재가 예수의 이름을 받들어 무릎을 꿇고, 모두가 입을 모아 예수 그리스도가 주님이시라 외치며, 하느님 아버지를 찬양하게 되었습니다."

부활하신 주님이 우리 안에, 당신의 몸인 교회 안에, 또 우리들 안에 살아 계십니다. 이것이 우리 믿음의 근본이요, 바탕입니다. 그분이 함께 계시면 우리는 아무런 걱정도 없습니다. 할 필요가 없습니다. 우리의 약함, 부족함, 죄마저 문제없습니다. 그분이 사랑으로 모든 것을 다 받아 주시기 때문입니다.

제가 이번 대화에서 거듭거듭 강조한 것이 바로 이것입니다. 사도 바오로의 말씀대로, 하느님께서 계심으로써 내가 약할 때 오히려 강합니다. 우리가 할 일은 이제 그분께 언제나 나를 완전히 내맡기는 것입니다. 그분의 뜻에 따라서 사는 것입니다.

세상 끝 날까지 여기 살아 계십니다

여기서 부활하신 예수님과 제자들이 만난 장면을 전해 주는 성경 말씀을 보겠습니다. 요한 복음 21장 1절부터 14절까지의 '일곱 제자에게 나타나신 예수' 일화, 잘 아시죠? 예수님께서 어느 날 새벽에 티베리아스 호숫가에서 고기잡이를 하고 있던 제자들 앞에 홀연히 나타나셔서 "뭘 좀 잡았느냐!" 하고 물으십니다. 제자들이 "못 잡았습니다!" 하고 대답하자, 예수님께서는 "그러면 그물을 배 오른쪽에 던져라" 하셨고, 그 말씀대로 하니 엄청나게 많은 고기들이 잡혔는데, 나중에 그물 속 고기의 마리 수까지 다 나오죠, 153마리나 되었습니다.

그때 사도 요한이 베드로에게 "주님이십니다"라고 말했습니다. 이 부분에서 베드로의 성격이 잘 나타납니다. 옷을 벗고 있던 그는 주님이시라는 그 말을 듣자 너무나 반가워서, 너무나 기뻐서 그냥 아무것이나 눈에 띄는 것을 걸치고서는 물에 풍덩 뛰어들어 예수님께 다가갔습니다. 그리고 제자들이 육지에 올라와 보니까, 이미 숯불이 있고 거기에 고기가 놓여 있고, 빵도 있고 말이죠, 아침식사가 준비되어 있었습니다. 주님께서 그렇게 준비를 해 놓으신 것입니다. 그리고 "와서 아침을 먹어라" 하고 말씀하십니다. 주님께서 얼마나 제자들을 사랑하시고, 제자들에 대해 따뜻한 애정을 가지셨는지 알 수 있습니다. 제자들은 전혀 생각도 못했는데 주님께서는 그들에게 나타나셨고, 그렇게 아침 준비까지 다 해 놓고 계셨습니다. 그러고서 모두 식사를 하는데, 아무도 "당신 누구시오?" 하고 묻는 사람이 없었다고 합니다. 왜냐하면 주님이라는 것을 모두 알고 있었기 때문입니다.

식사가 끝난 다음, 예수님께서는 시몬 베드로에게 "시몬아, 너는 이들이 나를 사랑하는 것보다 더 나를 사랑하느냐?" 하고 물으셨습니다. "예! 주님. 주님을 사랑하는 줄을 주님께서 아십니다." 베드로가 이렇게 답을 했는데, 또다시 물으셨습니다. "시몬아, 너는 나를 사랑하느냐?" "예, 주님! 제가 주님을 사랑하는 줄을 주님께서 아십니다." 그런 식으로 같은 질문을 세 번씩이나 하셨습니다. 이렇게 같은 질문을 세 번 되풀이하신 것에 대해 어떤 분들은 베드로가 예수님을 세 번 배반한 것을 상기시키는 것이라고 해석합니다. 그런데 '네가 세 번 배반했으니까 나도 세 번…' 하는 식으로, 예수님께서 그렇게 타산적이었을까요? 제가 생각할 때 예수님께서는 베드로를 이미 용서해 주셨습니다. 왜냐하면 예수님은 그가 배반할 것을 미리 알고 계셨습니다. 또 그 배반은 베드로가 나약해서 그런 것이지, 결코 예수님이 싫어서가 아니었습니다. 예수님께서는 오히려 이러한 인간적인 나약함을 통해서 우리가 예수님 없이 얼마나 약한 존재인지를 깊이 깨닫게 해 주십니다.

예수님께서 베드로에게 사랑의 질문을 세 번씩이나 던지신 중요한 이유는 당신의 제자가 되고, 당신의 사명을 이어받을 사도는 당신과 사랑으로 일치되어 있어야 함을 강조하시기 위해서였지 않나 생각합니다. 즉 예수님 없이 아무것도 할 수 없고, 특히 사랑 없이는 아무것도 할 수 없다는 것을 강조하시고자 한 것입니다.

성경에서는 주님께서 날이 밝았을 때 나타나셨다고 합니다. 그렇다면 그분은 멀리 계시다가 불쑥 나타나신 것일까요? 주님께서는 항상 우리와 함께 계시지만 그 순간만 보여 주신 것이라고 할 수 있습니다. 마르코 복음에서 보면, 예수님께서는 많은 병자들을 고쳐 주시고 하느님 나라에 대해 가르치신 다음 제자들을 배에 태워 보내시고 홀로 한적한 곳에서 기도하셨습니다.(6. 45) 그리고 제자들만 탄 배가 호수를 건너는 도중에 폭풍을 만나자 예수님께서는 이미 제자들이 처한 상황을 알고 계셨고, 물 위를 걸어서 제자들이 타고 있던 배로 다가오셨습니다. 이때 폭풍의 공포에 사로잡혀 있던 제자들은 유령이 나타난 줄 알고 비명을 질렀는데, 예수님께서는 "나다. 겁내지 말고 안심하여라" 하고 말씀하셨습니다. 이처럼 예수님께서는 이미 제자들이 처해 있는 상황을 잘 알고 계시면서 위로해 주십니다. 그리고 부활하신 예수님께서는 세상 끝나는 날까지 늘 우리와 같이 계실 것을 약속해 주셨습니다.

예수님께서는 당신이 맺으신 새로운 계약의 표시로 남기신 성체성사 안에서 특별한 모습으로 계십니다. 그리스도께서는 예전에 사도들과 함께 계셨던 것처럼 지금도 우리와 함께 계시는 것입니다.

ET QVID VOLO

일곱째날

김수환 주기경의 영성

세상 모든 이를 향한 '사랑의 신학'은 김수환 주기경의 일생을 관통하는 주제였다.
"여러분이 성경을 처음부터 끝까지 읽어 보십시오. 거기서 결론적으로 발견하는
것은 하느님이 우리를 사랑하신다, 나를 사랑하신다는 사실입니다. 너무나 고맙
고 감사한 일입니다."

일
곱
째
날

끝까지 지켜야 할 가치, 사랑

"내가 지금까지 살아오면서 가장 많이 입에 올린 말이 '사랑'이다. 그러나 고백컨대, 어머니가 보여 준 사랑처럼 '모든 것을 덮어주고, 믿고 바라고 견디어 내는' 사랑을 온전히 실천하지 못했다."

김수환 추기경은 회고록에서 자신의 무릎에 기대어 영면한 어머니를 회고하며, 사랑에 대한 갈망을 드러냈다. 이러한 세상 모든 이를 향한 '사랑의 신학'은 추기경 일생을 관통하는 주제였다.

너희와 모든 이를 위하여

김 추기경의 '사랑의 신학' 뿌리는 주교품을 받은 1966년으로 거슬러 올라간다. 그해 5월 31일 마산 완월동 성지여중고 교정에서 열린 마산교구장 주교 서품식에서 이 젊은 주교는 자신의 사목표어로 '여러분과 또한 많은 이들을 위하여(PRO VOBIS ET PRO MULTIS)'를 선택했다. 김 추기경은 이 문구를 훗날 서울대교구장 착좌 때도 '너희와 모든 이를 위하여'라고 해석을 조금 고쳐 그대로 사용했다. 사목표어 선택 이유에 대해 김 추기경은 이렇게 말했다.

"교회는 어떤 누구도 소외됨이 없이 그리스도 안에서 모두를 '사랑'으로 하나 되게 하는 도구요, 이를 나타내는 표지여야 합니다. 교회 쇄신이란 바로 이러한 정신으로 이웃과 사회, 세계를 위해 봉사하는 것입니다."

실제로 김 추기경은 기회 있을 때마다 사랑을 이야기했다. '부처님 오신 날' 축하 메시지에서도 "자비란 이웃을 자기 자신같이 사랑하는 마음이라고 본다"고 말했다.

"가난한 이, 슬픈 이, 병고에 신음하고 인생고에 시달리는 이를 위하여 그런 분들과 고통을 나눌 줄 알며, 심지어 극악무도한 죄인까지도 가슴에 품어 주고 그의 모든 잘못을 용서하여 주는 사람, 한도 끝도 없고 절대적이요 조건 없는 사랑이 곧 자비라고 생각합니다. 그러기에 이 자비가 참으로 오늘날 우리 모두의 마음을 밝혀 주고 적셔 주기를 빕니다."(1991년 5월)

그리고 김 추기경은 사랑의 원천에 대해 '우리에 대한 하느님의 사랑'(1요한 4, 10)임을 강조했다.

"하느님이 먼저 우리를 사랑하셨습니다. 우리를 사랑하신 나머지 당신의 목숨까지 바치시고 십자가상에서 피를 흘리셨습니다. 여러분이 성경을 처음부터 끝까지 읽어 보십시오. 거기서 결론적으로 발견하는 것은 하느님이 우리를 사랑하신다, 나를 사랑하신다는 사실입니다. 너무나 고맙고 감사한 일입니다."(1980년 3월, 신앙대학 강좌)

김 추기경의 위로부터의 사랑은 '나'로 연결된다. 하느님의 사랑을 받을 만큼 귀한 존재인 '나'를 어찌 사랑하지 않겠느냐는 것이다. 김 추기경의 '나' 사랑은 이기적 자애심과 다르다. 내가 나를 사랑하는 이유가 나 자신이 잘난 데 있지 않고 오히려 전적으로 하느님이 나를 사랑하신다는 그 이유에 있기 때문이다.

　김 추기경이 생각한 하느님은 나를 비롯한 세상 모두의 '나'들을 사랑하신다. 그래서 김 추기경에게 있어서 하느님은 '나'를 사랑하시고 '너'를 사랑하시고 '그'를 사랑하시고 '저'를 사랑하시는 존재다. 여기서 이웃 사랑의 당위성이 나온다.

실천하는 사랑

김 추기경은 늘 "하느님 사랑의 물줄기는 우리를 통해서 이웃과 세계로 번져 가야 한다"고 말했다. 말로만의 사랑이 아닌 실천하는 사랑이 되어야 한다는 의미다. 그래서 그는 "마음으로 타인을 사랑하는 것이 무엇보다도 중요하고 본질적인 것이지만 그 타인인 이웃이 궁핍한 곤경에 처해 있을 때에는 그를 거기서 구출해 주어야 한다"고 말하곤 했다. 더 나아가 그 곤경의 원인이 근본적으로 정치나 경제 체제에 있다면 그것에 대한 변화도 동시에 수반되어야 한다고도 했다.

　"우리는 흔히 이웃사랑을 신자로서 닦아야 할 여러 가지 덕행 중 하나에 불과한 것처럼 생각하기 쉽습니다. 그런데 사실은 그렇

지 않습니다. 이웃 사랑은 모든 계명의 중심입니다."(1980년 3월, 사순절 특강)

김 추기경은 사랑은 신앙인들만의 전유물이 아니라고 자주 강조했다. 1996년 공군대학에서 강연할 때에도 "우리가 끝까지 지켜야 할 가치는 사랑입니다"라며 사랑 실천을 통해 이 사회에 맑은 물이 흐를 수 있게 해 달라고 당부했다. 이러한 사랑이 널리 퍼져 나갈 때 이 사회는 비로소 평화가 흘러넘칠 수 있다는 것이다. 김 추기경은 이러한 사랑의 열매로 평화를 말했다.

"평화는 사랑의 결실입니다. 사랑 없이 평화는 주어지지 않습니다. 이제 우리에게 필요한 것은 예수 그리스도가 그랬던 것처럼, 평화를 위해서 우리 자신을 과감히 버리고 헌신하는 일입니다. 평화는 현세 활동에서 모든 것을 포괄하는 선입니다. 우리는 평화를 향해서, 평화를 위해서 우리가 할 수 있는 모든 정성과 노력을 다 기울여야 할 바로 그 시점에 서 있습니다."(1988년 11월, 평화학술회의 기조강연)

공동선예의 참여

김 추기경에 의하면 사랑과 평화를 위한 노력은 본질적으로 공동선에의 참여를 요청한다. 세상을 올바로 만들겠다는 공동선에 대한 의지 자체가 세상에 대한 사랑을 전제로 한다고 믿기 때문이다. 더 나아가 김 추기경은 교회가 공동선을 이룩하려면 불의와의 타협을 거부해야 한다고 했다.

1968년 서울대교구장 취임미사에서 김 추기경은 "교회의 높은 담을 헐고 사회 속에 교회를 심어야 한다"고 말함으로써 교회 쇄신과 현실 참여의 원칙을 분명히 했다. 또한 교회는 가난하고 힘없는 사람들을 위해 종교적인 양심으로 그들의 입장을 대변해야 하며, 정치적·사회적 권력보다 인간 존엄성의 가치를 근본적인 신념으로 삼아 사회와 인류 안에서 빛의 역할을 수행해야 한다는 종교적 현실 참여를 강조했다. 따라서 교회는 절대로 불의와 부정과 타협하는 교회 공동체가 아닌 인간 모두가 순수한 양심에 따라 내면의 회심(回心)으로써 사회정의를 실현해야 한다고 주장했다.

좌도 우도 아닌 사랑

세상 사람들은 김 추기경을 두고 진보적이니 보수적이니 말이 많지만 정작 김 추기경은 그 어느 쪽도 아니었다. 사형제 폐지를 주장한 것은 소위 진보적 견해였지만, 낙태 반대라는 보수적 입장도

피력했다. 사실 추기경이 밝힌 모든 것은 '사랑' 그 이상도 이하도 아니었다.

김 추기경이 공식 기록으로 대사회적 발언을 처음 한 것은 1968년 2월이다. 가톨릭노동청년회(JOC)의 총재 주교였던 추기경은 당시 합법적 노동조합을 탄압하고 노동자를 불법 해고한 '강화 심도 직물 사건'에 맞서 '사회 정의와 노동자 권익 옹호를 위한 주교단 공동성명서'를 발표했다.

노동자들을 사랑하기 때문에, 노동자들의 입장을 대변하고 나선 것이다. 김 추기경 성명 발표 후 정부가 사태 수습에 나서 6일 후 해고자들이 전원 복직되는 것으로 사태는 일단락됐지만 이후로도 열악한 노동 환경에서 생존권을 요구하는 노동자들의 절규는 끊이지 않았다. 그때마다 김 추기경은 그들을 사랑의 품으로 끌어안았다.

하지만 이러한 김 추기경의 행동은 한때 오해를 받기도 했다. 많은 이들은 이러한 오해가 추기경의 행동을 이념적 잣대로만 바라보았기 때문이라고 말한다. 김 추기경 자신은 결코 이념적이지 않았다는 것이다.

"민주화도 필요하고 제도 개혁도 필요합니다. 그러나 무엇보다도 필요한 것은 우리 마음에 자비의 정신, 사랑의 정신이 싹트는

것입니다." (1991년 5월, '부처님 오신 날' 메시지)

　　그의 대사회적 판단과 행동들은 역사 및 사회적 합의에 따라 기준과 평가가 달라질 수 있는 '이념'이 아닌, 오직 '신앙'에 의지한 것이었다. 과연 민주화 운동이 한창이었던 시절에도 추기경이 강조한 것은 사랑에 입각한 화해였다.

　　"사랑하기 위한 싸움에서 미움만이 남아 있는 경우가 없지 않은지 우리는 반성해야 합니다. 때문에 불의를 보고 분노하며 자신의 개인적 안락과 미래까지도 포기하면서 정의를 위해 몸과 마음을 바쳐 싸우는 이들도 이 민족을 진정으로 아끼고 사랑한다면, 이 민족 사회가 결코 미움과 대립의 사회가 되지 않고 사랑의 사회가 되기를 원한다면, 그분들도 먼저 하느님과 화해해야 합니다." (1986년 3월, 정의와 평화를 구하는 9일 기도 메시지)

인간, 인간, 인간…

김수환 추기경의 일생을 관통하는 가장 큰 주제가 '사랑'이라면, 그 사랑의 대상은 바로 '인간'이다. 김 추기경은 늘 인간 그 자체에 관심을 가졌다. 김 추기경을 만난 많은 이들은 '인간'을 빼고 김 추기경을 이야기할 수 없다고 말한다.

"정의를 위해 싸우는 것은 결국 무엇을 위해서입니까? 그것은 인간을 위하고, 인간다운 사회를 이룩하기 위해서입니다. 인간을 사랑하기 때문입니다. 인간다운 삶이 유린되는 사회와 개인을 구원하여 사랑의 사회를 건설하기 위해서입니다."(1986년 3월, 정의와 평화를 구하는 9일 기도 메시지)

1995년 여름, 삼풍백화점이 붕괴됐다. 김 추기경은 참담한 심정을 감추지 못했다. 그래서 직접 삼풍백화점 붕괴사고 희생자를 위한 미사를 집전했다. 미사에서 김 추기경은 '인간'이 없는 세상을 질타한다.

"우리가 돈보다 사람을 먼저 생각할 줄 알았더라면, '사람이 온 세상을 얻는다 해도 제 목숨을 잃거나 망해 버린다면 무슨 이익이 있겠느냐?'(루카 9. 25)고 하신 복음 말씀대로 인간과 인간 생명이 모든 가치 중에서 제일간다는 것을 깊이 인식하고 살아 왔더라면, 그리고 누구보다도 우리 정치인과 경제인들에게 이런 인간에 대한 존경과 사랑이 돈이나 권력에 대한 욕망에 앞서 있었더라면 이런 사고는 일어나지 않았을 것입니다."

밤 10시, 텔레비전에 무허가 판자촌에서 화재가 났다는 뉴스가 나오면 곧바로 빈민사목 담당 사제에게 전화를 걸어 찾아가라고 독려하던 그였다. 외국인 노동자들의 열악한 환경에 대한 이야기를 들으면 당장 찾아가서 미사를 봉헌하자고 말한 것도 그였다. 탄광 노동자들의 고통을 직접 체험하겠다고 강원도 사북까지 찾아가기도 했고, 또 기회가 있을 때마다 매춘 여성 보호시설을 찾아 상처 입은 영혼들의 여린 손을 잡아 주었다.

인간을 사랑한 인간, 김 추기경은 근대화의 과정에서 파생된 한국 사회의 구조적인 문제점들을 근본적으로 해결하기 위해서는 무엇보다도 '인간 기본권'과 '사회 정의'가 지켜져야 한다고 늘 강조했다. 인간은 하느님의 모상에 따라 창조된, 이 세상 그 어떤 존재보다도 고귀한 창조 사업의 협력자라는 믿음에서였다. 그래서 '인권 모독', '인권 침해', '인권 유린' 등과 관련된 사건에는 유난히 민감한 반응을 보였다. 1995년 12월 김 추기경은 '일본군 위안부 인권 회복을 위한 기도회'에서 "위안부 할머니들에 대한 일본군의 만행은 인권에 대한 모독이며 용서받을 수 없는 인권 유린"이라며 "일본은 과거 제국주의 시대에 다른 나라 사람들에게 범한 모든 반인륜적·반도덕적 죄를 깊이 인식하고 뉘우치고 사죄해야 한다"

고 분노했다.

"하느님은 인간을 당신의 모상으로 창조하시어 당신과의 생명의 나눔에 초대하시고 같은 영광에 참여할 수 있도록 부르셨습니다. 사실 성경을 보면 하느님의 첫째 관심사는 인간이며 또한 하느님이 가장 사랑하시는 것도 인간이라는 것을 알 수 있습니다. 하느님은 인간의 자유를 완전히 존중하심과 동시에 세계와 우주의 주인이 되도록 인간을 만드셨습니다. 그리고 하느님은 인간을 당신의 창조 사업의 협력자로 삼으셨습니다. 그러므로 정치, 경제, 문화, 교육, 종교 등의 모든 목적은 인간을 위한 것, 즉 하느님 사업의 협력자로서의 인간이 하느님으로부터 받은 거룩한 소명에 따라 궁극의 목적에 도달할 수 있도록 전 인간적인 발전을 위해 봉사하는 것이라야 합니다. 인간의 문제가 모든 문제의 핵심이며 모든 문제를 해결하는 열쇠입니다."(1988년 11월, 일본 조치대학 강연)

더 나아가 그에게는 신학도 인간을 위한 신학, 우리를 위한 신학이었다. 아니, 인간을 위한 신학이며 우리를 위한 신학이어야 했다.

"그리스도의 마음, 그리스도의 정신만이 우리 모두를 참 인간으로 다시 태어나게 하고 우리 모두를 참으로 인간다운 인간으로 변화시켜 줄 것입니다. 그리하여 이런 사람이 많아질 때 우리 사회는 진정 보다 인간다운 사회가 되고 이 땅에는 참된 화해와 평화가 이룩될 것입니다. 나아가 이 정신은 남북 분단의 미움의 벽도 무너뜨려 평화 통일의 길을 열어 줄 것이고 우리나라로 하여금 온 인류 세계를 가슴에 안는 나라가 되게 할 것이라 믿습니다."(1994년 5월, 연세대학교 강연)

이러한 믿음 때문에 김 추기경은 지위고하를 막론하고 그를 만나고 싶어 하는 이들이 있다면 어김없이 자신의 시간을 내놓았다. 특히 그가 우선적으로 만난 이들은 가난하고 소외된 사람들이었다. 그리고 주위 사람들에게 늘 "교회는 가난한 이들의 눈물을 닦아 주어야 한다"고 말하곤 했다.

서울대교구장직을 수행하는 바쁜 일정 가운데도 해마다 성탄 전야에는 소외된 이들이 살고 있는 복지시설 등지를 찾아가 성탄 미사를 함께 드린 것은 지금까지도 많은 이들 사이에 널리 회자되고 있다. 이처럼 인간에 대한 진한 애정은 그를 늘 소외된 곳에 있게 했다.

"우리 자신이 변해야 세상이 변합니다. 우리들 하나하나가 진실한 인간, 정의의 인간, 사랑의 인간이 되어야 진리와 정의와 사랑

으로 가득 찬 세상이 될 수 있습니다." (1979년 4월, 영등포교도소 미사)

"주님은 바로 우리 인간이 죽음의 운명을 쓰고 절망에 빠져 있을 때 우리를 위해 오셨고 십자가의 죽음을 통해 구원하셨습니다." (1999년 7월, 서울구치소 사형수들을 위한 미사)

김 추기경은 기회가 닿을 때마다 가장 낮은 곳으로 내려갔다. 오늘날 한국 사회는 그의 '인간 사랑'에 많은 것을 빚지고 있다.

이 시대 우리의 벗

김 추기경은 본당에 견진성사 방문을 하게 되면 늘 가난한 사람들에게 말을 걸고 그 사람들의 이름을 한 명 한 명 묻는 등 주의 깊게 귀 기울였다. 빈민촌에 예고도 없이 찾아가 철거민들과 대화했다. 서슬 퍼런 유신시대에 억울한 일을 당한 사람들이 달려와서 호소할 때 기꺼이 만나 주었다. 아파하는 사람들의 호소에 함께 아파하면서 귀 기울였다. 서울대교구의 한 사제는 그런 김 추기경을 두고 "지독하게 가난한 나라였던 한국이 공업화를 강력하게 추진하고 이로써 온 국민이 가난에서 탈출하기를 꿈꾸던 시기에 가난한 노동자들 편에 서서 자신의 온몸을 던지신 이 시대의 진정한 벗"이라고 말했다.

인간의 존엄성을 신앙했기에, 동일방직 노조원들이 오물을 뒤집어쓰고 옷이 벗겨진 채 끌려갈 때, 이에 분노하고 그들을 위로했다. 심지어는 강화도의 작은 공장 노동자들이 해고되었을 때, 이 사안을 주교회의에서 다루도록까지 했다.

김 추기경을 알고 있는 사제들은 그가 몸담고 있는 사회와 대화하고 사회 한가운데서 자신의 견해를 피력하면서 하느님의 생생한 말씀을 전하고 세상을 위해서 기도했다고 말한다. 그래서 김 추기경이 있었기에 더 이상 세상이 교회를 낯설어하지 않게 됐다고 말한다. 세상의 가난한 이들, 힘없는 이들에게 선뜻 다가가는 김 추기경을 보면서 한국 사회는 그리스도교를 더 이상 낯선 종교로 여기지 않게 된 것이다. 인간 김 추기경의 진한 인간애가 없었다면 불가능한 일이었다. 김 추기경은 우리들의 벗이었다.

박학한 무지의 영성

1400년대 독일의 추기경 쿠자누스(Nicolaus Cusanus, 1401~1464)는 '박학한 무지'를 말했다. 자신이 모른다는 것을 아는 것이 바로 진정으로 완전한 앎이라는 말이다. 신의 섭리를 속속들이 안다고 한다면 그것은 실상은 모르는 것이며, 신의 섭리가 너무나 깊어 모른다고 솔직히 고백하는 것이 진정으로 신의 섭리를 안다는 것이다. 600년 후 한국의 추기경이 이 박학한 무지를 살다가 갔다. 김수환 추기경은 신 앞에서 스스로의 불완전함을 자주 고백하곤 했다.

"나는 하느님을 참으로 만나기 어렵습니다. 하느님을 찾기 위해 많은 노력을 했습니다. 하지만 하느님은 참으로 먼 곳에 계십니다."

김 추기경은 피정 등을 통해 하느님을 추구했지만 정작 자신은 하느님과 가까이 하지 못했다고 고백했다. 쿠자누스 추기경의 말에 비춰 보면 이러한 김 추기경의 신앙이야말로 진정으로 신의 뜻에 가까이 다가가 있었다는 증거가 된다.

신의 경지를 파악할 수 없기에 한없이 감사하게 되고, 사랑하게 된다. 나약한 인간이 지금 여기서 할 수 있는 것은 신의 그림자를 닮는 것뿐이기 때문이다. 하느님의 사랑 없이 인간은 하느님 앞에 설 수 없기 때문이다.

글을 엮고 나서

김수환 추기경을 추모하며

펼친 우산에 '두두둑' 빗소리가 한가득하다.

편안하다. 호들갑스런 휴가 여행이었다면 얼굴 찌푸리며 하늘을 보았겠지만, 오히려 하늘에 감사한다. 추모 여행에는 비가 제격이다.

성직자 묘역에 오르는 길.

'나그네' 세 글자가 문득 떠오른다. 10년 전 주교 서품식장. 엄숙하고 경건한 서품식 자리가 김 추기경의 '나그네' 삼행시 낭독으로 유쾌해졌다. 체육관을 가득 채운 신자들의 '나그네' 선창에 추기경은 "'나'는 주교님을 사랑하고 존경합니다." "'그'대들도 사랑하고 존경합니까?" "네!" 서품식장은 웃음바다. 그런 분이셨다. 유

머 가득한 인사말로 말문을 열어 모든 이들의 마음을 확 사로잡았
다. 다가오는 이에게 주저 없이 손 내밀었고 환한 미소로 마음을
열어 보듬어 줬다. 낮은 곳에 자리해야 할 신앙인의 본 모습을 말
로 행동으로 보여 줬다. "진정 인간다운 사회가 되려면 영혼과 육
신이 허기진 이들을 위해 '밥'이 되어주는 사람이 많아야 한다"는
말씀이 아직도 마음속 깊이 자리하고 있다.

　세상 모든 짐 내려놓고 하늘로 떠난 2009년 겨울.
　세상은 "굴곡진 한국 현대사에 한 획을 그은 선지자(先知者)"라 평
가했지만 거창한 수식어가 왠지 어색했다. 그는 그저 목자였고 신
앙인이었다. 소외된 이웃의 '밥'이자 '희망'이 돼 주었던 추기경의
마지막은 아름다웠다. 명동성당을 둘러싸고도 모자라 수 킬로미
터를 길게 늘어선 추모 행렬. 신자든 아니든, 그분의 사랑을 한번
이라도 경험했든 혹은 먼발치서 들었든 추기경이 사랑했고 추기
경을 사랑했던 이들이 만든 행렬이었다. 그렇게 많은 이들의 마음
속에 자리한 채 추기경은 명동을 떠났다.

　묘소 앞에 섰다.
　공기가 한없이 맑다. 고요하고, 경건하다. 마음도 깨끗해진다.
여름의 뜨거움이 어느새 저만치 물러서 있다. 봄의 따뜻함도, 겨울

의 깨끗함도, 가을의 고풍스러움도 모두 껴안는, 여름의 평화가 앞에 바짝 다가서 있다.

서울대교구 용인공원묘지 내 성직자 묘역. 한국인 최초의 주교이자 교구장이었던 노기남 대주교, 그리고 김수환 추기경과 동료 사제들이 잠들어 있다. 요즘도 김수환 추기경 묘소에는 추모객이 끊이지 않는다. 전국의 성당에서 버스를 전세 내 찾아오는 단체 참배객도 많지만, 나들이 나온 가족도 많다.

성직자 묘역은 공원 중심부에서 동쪽을 향한 위치에 있다. 7미터 높이의 예수님, 두 손 모은 성모님이 함께 묘역을 내려다보고 있다. 길이 60미터의 중앙 통로를 걷다 보면 선종 사제들이 옆에서 도열해 있는 듯한 착각에 빠지기도 한다.

김 추기경은 성직자 묘역의 맨 앞자리, 1984년 선종한 노기남 대주교의 바로 곁에 안장되어 있다. 여느 성직자의 묘와 별반 다르지 않은 그곳에 추기경이 잠들어 있다. 추기경의 사목표어 '너희와 모든 이를 위하여'와 생전 가장 좋아했던 성경구절 '야훼는 나의 목자, 아쉬울 것 없노라'가 나란히 적힌 묘비 앞에 섰다. 비가 내리고 있는데도 봉분을 둘러싼 생화는 생생했다. 김 추기경에 대한 기억도 생생하게 되살아났다.

빛바랜 흑백사진 속 추기경은 청계천 후미진 구석에 버려진 어린아이를 안고 있었고, 탄가루 그득한 안전모를 쓰고 탄광촌 사람들과 환히 웃고 있었다. 순례자의 카메라 렌즈 속에는 노숙자와 이주노동자, 성매매여성들 그리고 교도소 재소자들과 함께였던 추기경이 있었다.

2004년 성탄 전날도 추기경은 서울구치소를 찾았다. 미사를 마치고 빨간 명찰을 단 사형수들의 어깨를 토닥토닥 두드리던 모습. 재소자들이 준비한 영명축일 축하 행사를 쑥스럽게 맞이하며 "80 평생 교도소에서 영명축일 축하식을 하는 건 처음"이라며 소탈하게 웃던 그 모습이 어제 일인 양 눈에 선하다.

평생 가난하고 버림받은 우리 이웃들을 그리 수없이 찾아다녔지만 정작 추기경은 그들과 삶을 나누지 못했다고 자책했다. "가난한 이들과 가난에서 오는 고통을 나누지 못한 것이 가장 후회스럽다"고 했다. "사랑이 머리에서 가슴으로 내려오는 데 칠십 년이 걸렸다"고 했다. 그렇게 많은 사랑을 전하고도 부족하다고 하는, 그분은 참 '바보' 같다.

빨간 우체통 속 바보 추기경의 소탈한 얼굴이 배웅한다.

동그란 얼굴에 눈, 코, 입 삐뚤삐뚤 그린 추기경은 "바보 같지 않나요? 인간으로서 잘났으면 뭐 그리 잘났고 알면 얼마나 알까. 안다고 나대고 어디 가서 대접받길 바라는 게 바보지. 그러고 보면 내가 제일 바보같이 산 것 같다"며 자화상을 소개했다.

스스로를 '바보'라 부르면서, 한편으로 바보같이 나누며 살아야 한다고 했던 생전 말씀이 울림으로 다가온다. 고개를 지긋이 숙인 우체통의 모습이 평생 가난한 이들의 눈높이에 맞추려 고개를 숙였던 추기경을 닮았다. 편지 한 통 적어 우체통에 넣었다.

'추기경님 2006년 겨울이었죠. 혜화동 주교관에서 참 좋은 세례명을 갖고 있네 하며 손을 꼭 잡아 주셨죠. 그날 제게 매주 미사 꼬박꼬박 나오고 봉사활동 열심히 하고 이웃 도우면 은총 받는다고 생각하느냐고 물으셨죠. 당연히 은총 받겠죠 하고 답한 제게 추기경님은 아니라고 하셨습니다. 은총 받아서 주일미사 나올 수 있고 은총 받아서 이웃을 도울 수 있다 하셨습니다. 신앙을 가질 수 있다는 것 자체도 감사하게 생각하라 하셨습니다. 그 말씀 마음속에 간직하며 살겠습니다. 은총 속에 살고 있음에 감사하겠습니다. 고맙습니다. 그리고 사랑합니다.'

묘역을 찾은 한 부부를 만났다. 같은 마음을 나눈다는 교감 때문일까. 눈이 마주치자, 자연스레 인사를 나누게 된다. 부부는 사제의 봉분 앞에 나란히 서서 30분 넘게 기도를 바쳤다. 아름다웠다. 비가 서서히 그치고 있었다. 멀리 산자락 허리에는 안개가 가득했다. 평화로웠다.

✝

김수환 추기경, 그의 생애

  김수환 추기경은 1922년 7월 2일 대구 남산동의 독실한 구교우
집안에서 부친 김영석(요셉)과 모친 서중하(마르티나) 사이 5남3녀
중 막내로 태어났다. 추기경은 이후 1933년 대구 성 유스티노 신학
교 예비과에 입학하며 사제가 되기 위한 첫걸음을 내디뎠다.

  1941년, 서울 소신학교인 동성상업학교에 입학한 그는 대구교구
장학생으로 선발되어 같은 해 4월 일본 도쿄 조치(上智)대학 문학부
철학과에 입학한다. 하지만 제2차세계대전으로 학업을 중단할 수
밖에 없었던 추기경은 일제의 강압으로 학병에 징집돼 사관후보생
훈련을 받아야 하는 아픔도 경험했다.

  1947년, 종전과 함께 조치대학에 복학했던 추기경은 성신대학
(현 가톨릭대학교 신학대학)에 편입하고, 1951년 9월 15일 대구 계산

동주교좌성당에서 사제로 서품됐다. 수품 후 안동성당(현 안동교구 목성동주교좌성당) 주임신부, 대구대교구장 비서(1953년), 김천성당(현 대구대교구 황금동성당) 주임 겸 성의중·고등학교 교장(1955년)을 지냈다. 일선 본당신부 생활은 안동성당과 김천성당을 합쳐 3년이 채 안 되지만 추기경은 이때를 '꿈처럼 아름다웠던 시절'로 회상하곤 했다.

1956년, 추기경은 독일 뮌스터대학 유학길에 올라 은사인 요셉 회프너 추기경을 만나고, '그리스도 사회학'을 통해 그리스도 사상에 기초한 인간관과 국가관 등 많은 영향을 받았다. 이 무렵 광부와 간호사로 일자리를 찾아 독일에 건너온 한국 노동자들의 어려움을 직접 목격하기도 했다.

1964년 6월, 유학생활을 마친 추기경은 가톨릭시보사(현 가톨릭신문사) 사장으로 취임했다. 당시는 제2차 바티칸 공의회가 한창 무르익던 시기로, 그는 다른 어떤 사제보다 먼저 시시각각으로 들어오는 공의회 관련 외신을 접할 수 있었다. 또한 1년 8개월간 사장으로 재직하며 '세상을 위한 교회'가 되려면 종교 매체도 세상 사람들과 소통해야 한다는 소신을 갖고 사회적 사건과 흐름을 신앙적 눈으로 조망하는 주제의 사설을 지면에 자주 실었다.

1966년 2월, 하느님께서 아브라함을 부르시는 성경 대목을 묵상하던 그날 김수환 신부는 마산교구 초대 교구장으로 임명됐다는 소식을 듣는다. 44세의 젊은 나이였다. 김수환 주교가 사목표어로 택한 말씀은 '여러분과 또한 많은 이들을 위하여(PRO VOBIS ET PRO MULTIS)'로, 이 문구는 이후 서울대교구장에 착좌할 때도 '너희와 모든 이를 위하여'라고 조금 고쳐서 그대로 사용했다.

1968년, 김수환 주교는 대주교로 승품되어 제12대 서울대교구장직을 맡게 됐다. 그는 그때 일을 '마른하늘에 날벼락 같은' 소식이라고 표현했다. 서울대교구장에 취임하며 그는 "교회의 높은 담을 헐고 사회 속에 교회를 심어야 한다"는 인사말을 통해 제2차 바티칸공의회 정신에 따른 교회 쇄신과 현실 참여의 원칙을 밝혔다.

1969년 3월, 교황 바오로 6세가 발표한 새 추기경 명단에 김수환 대주교의 이름이 올랐다. 한국 최초의 추기경이 탄생한 것이다. 당시 김 추기경의 나이는 47세. 전 세계 추기경 134명 가운데 최연소였다. 30년 동안 서울대교구장으로 재임하며 추기경은 선교사 없이 신앙이 전파된 한국 교회의 형성과 발전이 세계 천주교회 속에서 특별한 의미를 갖는다는 사실을 전 세계에 알리기 위해 노력했다.

1984년 5월 6일, 처음 방한한 교황 요한 바오로 2세를 모시고 한국 천주교회 창설 200주년 기념식과 103위 시성식을 서울 여의도 광장에서 개최했다. 순교의 피로 전해져 내려온 한국 교회의 신앙이 얼마나 값진지 전 세계에 알리는 계기를 마련한 것이다. 교황 요한 바오로 2세는 1989년에도 한 번 더 방한해 제44차 세계성체대회를 주례했다. 당시 세계성체대회에서 각막 기증을 서약한 추기경은 두 사람에게 각막을 기증하고 선종함으로써 20여 년 전의 약속을 지켰다.

추기경이 우선순위를 둔 이들은 가난하고 소외된 사람들이었다. "교회는 가난한 이들의 눈물을 닦아 주어야 한다"는 믿음에서였다. 바쁜 일정 가운데에도 해마다 성탄 전야에는 소외된 이들을 찾아가 미사를 봉헌했다. 1970년대 민주화 운동의 편에 선 것도 같은 맥락이었다. 지학순 주교가 구속된 1974년 민청학련 사건, 1978년 동일방직노조 사건 등이 일어났을 때 김 추기경은 성탄 혹은 사순 메시지나 강연, 시국담화를 통해 한국 사회의 구조적 모순을 짚어 내는 일에 앞장섰다. 그렇게 추기경은 우리 사회 민주화 운동의 버팀목이었다.

1998년, 김 추기경은 76세 나이로 서울대교구 교구장직에서 물러난다. 서울대교구장을 맡은 지 30년, 목자 생활 47년 만이었다. 김 추기경은 그렇게 오랫동안 짊어지고 있던 짐을 내려놓았다.

"우리 추기경님 무슨 보속할 것이 그리도 많아서 이렇게 길게 고난을 맛보게 하십니까? 추기경 정도 되는 분을 이 정도로 족치신다면 나중에 저희 같은 범인은 얼마나 호되게 다루시려는 것입니까? 겁나고 무섭습니다. 그런데 이제야 깨달았습니다. 추기경님의 고난이 왜 필요했는지를! 지금 추기경님은 당신의 투병생활과 죽음을 통하여 경제위기와 사회불안으로 깜깜하고 싸늘하게 식어 버린 국민들의 마음을 따뜻하게 덥혀 주기 시작하셨습니다. 추기경님의 고난이 있었기에 추기경님의 부활은 이미 시작되었습니다."(김수환 추기경 장례미사 중 한국 천주교 주교회의 의장 강우일 주교의 고별사)

한평생 착한 사제로 살며 가난하고 소외된 이들의 벗이었던 김수환 추기경. 고독한 사제로 평생 십자가를 짊어져야 했던 그는 삶의 마지막 여정에도 십자가를 내려놓지 않았다. 기나긴 투병 생활이었다. 입원과 퇴원을 반복했던 그는 2008년 9월 11일 가톨릭대학교 서울성모병원에 입원했다. 극한의 고통 앞에서 그는 나약한 인간이었다. 한국 최초, 최연소 추기경 김수환, 가난한 이들의 벗 김수환 등 그의 이름 앞에는 많은 수식어가 따랐지만 하느님께 의지하고 기댈 수밖에 없는 또 한 명의 나약한 인간 김수환이었다.

2008년 10월 4일, 위기가 찾아왔다. 스스로 가래를 뱉지 못하는 상황에서 호흡 곤란, 산소 부족으로 의식을 잃은 것이다. 긴급 조치로 그다음 날 새벽에 의식을 회복했지만 이후 가래 뽑아내는 일은 참기 힘든 고통이었다. 식사량도 줄어들었고 밥을 먹게 되는 날이면 1시간 이상씩 시간이 걸렸다. 소화도 잘되지 않아 배변 보는 일도 누군가의 도움이 필요했다. 스스로 할 수 있는 일은 갈수록 줄어들어 최소한 혼자서 처리하고 싶었을 일까지 불가피하게 다른 이들에게 의지할 수밖에 없는 상황이었다.

"내가 너무 오래 살았나 봐. 자네들에게 이런 모습까지 보이게 됐네. 나야말로 병마개도 못 따고 약도 혼자 못 먹는 나약한 사람일세. 정말 미안허이…."

그는 사랑하는 사람들에게 짐을 지어 주는 것만 같아 마음 아파했다. 투병보다 더 힘든 것은 주변 사람들이 힘겨워하는 모습을 지켜보는 '마음의 십자가'였다. 갈수록 십자가의 무게는 더해 왔다. 육체적, 정신적 고통이 깊어졌다. 그러나 무엇보다도 가장 큰 고통은 '고독'이었다. 그는 서울대교구장 시절 비서였던 고찬근 신부에게 이렇게 고백했다.

"고 신부, 고독해 보았는가? 나는 요즘 정말 힘든 고독을 느끼고 있네. 86년 동안 살면서 느껴 보지 못했던 그런 절대고독이라네. 많은 사람들이 나를 사랑해 주는데도 모두가 다 떨어져 나가는 듯하고… 모든 것이 끊어져 나가고 나는 아주 깜깜한 우주 공간에 떠다니는 느낌일세."

　힘겨운 투병생활 중에서도 그를 웃게 만드는 일이 하나 있었다. 병원에서 생활하며 가장 바라 왔던 소망, 매일 산책을 하며 생각을 정리하고 마음의 여유를 가졌던 집, 혜화동 주교관에 가 보는 일이었다. 그는 주치의가 올 때면 집에 언제 돌아갈 수 있냐고 해맑게 웃으며 묻곤 했다. 추운 겨울이 지나고 따뜻한 봄의 기운이 완연해지면 화사한 꽃들이 보고 싶다고 했다. 하지만 그는 이러한 소망을 뒤로한 채 그해 겨울을 넘기지 못했다. 극한의 육체적 고통에서도 그는 의연했다. 목숨을 인위적으로 연장시키는 어떠한 의학적 행위조차 거부한 그는 마지막 가는 길에도 십자가를 안고 하느님의 섭리에 순종했다.

　2009년 2월 16일, 향년 87세. 사제 김수환은 평생 양어깨에 짊어지고 왔던 십자가를 내려놓는다. 입원한 지 159일 만의 일이었다. 너무도 많은 사랑을 받았다고, 그 사랑을 이제 나누자고 당부한 추기경은 그의 시(詩) 「나의 기도」의 소망처럼 하느님을 만나기 위해 그렇게 우리 곁을 떠났다.

나의 기도 중에서

_ 김수환

주여 당신이 보고 싶습니다.
당신과 만나고 싶습니다.
당신과 함께 살고 싶습니다.

목숨 다하는 그날까지
당신과 함께 영원을
향하여 걷고 싶습니다.

형제들을 위한 봉사 속에
형제들을 위한 가난 속에
그들과 함께 모든 것을 나누면서

사랑으로 몸과 마음
다 바치고 싶습니다.

(1979)

김 추기경의 선종 사실은 3~5분 시차를 두고 국내 각 통신사와 방송사를 통해 긴급특보로 알려졌다. 선종 18분 후인 오후 6시 30분 서울대교구의 공식 발표가 있었고, 8시 30분 명동대성당 꼬스트홀 앞에서 허영엽 서울대교구 문화홍보국장 신부가 국내외 언론사 기자단 100여 명 앞에 섰다. 이 자리에서 김 추기경이 남긴 마지막 말이 알려진다.

"추기경님은 마지막 순간까지 병원에 찾아오시는 분들에게 늘 '고맙습니다' '사랑하십시오'라는 말을 하셨습니다. 그것이 김 추기경님께서 남기신 마지막 말입니다."

이보다 앞선 7시 20분에는 각막 기증을 위한 적출 수술이 이뤄졌으며, 8시 30분에는 병실에서 유가족과 병원 관계자들이 추모미사를 봉헌, 김 추기경의 마지막 여정을 배웅했다. 이어 오후 9시 15분 김 추기경의 유해가 서울성모병원을 출발, 9시 40분 명동성당에 도착했다. 김 추기경 유해는 명동성당 대성전 제대 앞 유리관에 안치됐으며, 정진석 추기경이 안치 예절을 거행했다. 그 옆을 고 김옥균 주교(2010년 3월 1일 선종), 염수정(현 추기경), 김운회, 조규만 주교, 박신언 몬시뇰 등이 지켰다. 이어 일반 신자들의 연도가 시작됐으며, 소성당에서 염수정, 김운회 주교, 박신언 몬시뇰 집전으로 사망미사가 봉헌됐다.

이튿날 오전 6시부터 추모객들이 성당으로 몰려들기 시작했다. 이렇게 장례까지 40여만 명이 명동성당을 찾아 김 추기경의 마지막 모습을 배웅했다. 조문 첫날 1500여 명으로 단출하게 시작된 조문객 수는 17일 9만 6500여 명으로 늘었고, 18일과 19일에는 15만 명을 넘어섰다. 전국 각 교구 본당에서 이뤄진 추모기도와 미사에 참례한 신자를 종합하면 그 수는 수백만에 이른다.

김 추기경의 마지막 모습을 보기 위해서는 굉장한 인내가 필요했다. 명동성당에 진입하기 위한 조문 행렬은 통상 3킬로미터에 달했다. 10초라는 짧은 만남을 위해 사람들은 찬바람에 옷깃을 세우고 발을 동동거리면서 다섯 시간을 기다렸다. 추기경의 곁에는 꽃이 한 송이도 없었다. 서울대교구는 조의금도 받지 않았다. 대신 김 추기경의 곁에는 꽃보다 아름다운 사람들의 기도가 피어나고 있었다.

2009년 2월 20일 오전 10시, 명동성당에서 정진석 추기경 주례 한국주교단 공동 집전으로 장례미사가 봉헌됐다. 미사는 고인이 생전에 강조한 뜻에 따라 일반 장례미사와 큰 차이 없이 단순하고 검소하게 치러졌다. 이날 예식에서는 교황특사 정 추기경이 교황 베네딕토 16세를 대신해 고별사를 낭독한 데 이어 교황대사 오스발도 파딜랴 대주교와 주교회의 의장 강우일 주교, 이명박 대통령을 대신한 한승수 국무총리, 최승룡 신부, 한홍순 한국평협회장이 각

각 고별사를 낭독했다.

   고별사들은 나라와 교회의 큰 기둥이 되어 준 김 추기경에 대한 감사와 사랑의 마음을 잔잔하게 담아냈다. 특히 강우일 주교는 고별사에서 "추기경님의 고난이 왜 필요했는지 이제야 깨달았다"며 "추기경님은 투병 생활과 죽음을 통해 경제위기와 사회불안으로 싸늘하게 식어 버린 국민들의 마음을 따뜻하게 덮혀 주기 시작했다"고 말했다. 또한 강 주교는 "주님의 나라에 들어가시면 당신께서 불쌍히 여기시고 애틋하게 사랑하셨던 우리 백성을 위해 주님께 간구하여 주십시오"라는 인사로 고별사를 마무리했다. 최승룡 신부도 "우리 마음의 눈이 추기경님의 모범으로 열리게 된다면 이는 더 큰 기적"이라며 "미움과 갈등과 욕심의 각막을 벗고 사랑과 화해와 희생의 각막을 이식하면 평화와 행복이 올 것"이라고 말했다. 성당에 들어가지 못한 신자들은 대형 스크린 다섯 대가 세워진 성당 마당과 가톨릭회관 주차장을 가득 메웠다. 인근 빌딩 옥상과 계단은 물론 창가마다 김 추기경의 마지막 모습을 보려는 시민들로 가득했다. 이날 명동성당을 찾은 신자만 1만여 명을 넘었다.

   미사 후, 33번의 조종을 뒤로하고 김 추기경의 유해가 장지를 향하자 신자들은 손수건으로 눈물을 훔치며, 마음과 눈으로 '안녕히 가세요'를 말했다. 운구 행렬은 차량 흐름을 방해하지 않기 위해 최

대한 신호등이 없는 길을 선택해 경기도 용인 성직자 묘역으로 이동했다. 운구 행렬에는 40여 대의 경찰차가 함께했다. 일반 시민들도 행렬이 지나가는 길목마다 잠시 멈춰서 고인의 뜻을 기렸다.

이른 아침부터 전국에서 모여든 2000여 명의 신자들이 장지인 용인 성직자 묘역에서 김 추기경을 맞이했다. 김 추기경은 정진석 추기경 주례로 이뤄진 이날 하관예절을 통해 용인 성직자 묘역에 묻혔다. 갑작스런 돌풍으로 서 있기조차 힘들었던 마지막 길, 신자들은 다시 한 번 오열했다. 하관예절이 끝난 후에도 수많은 신자들은 자리를 떠나지 못했다. 추기경님을 따뜻하게 묻어 드리고 싶다며 손과 손을 모아 흙을 뿌렸다.

김 추기경은 이날 미사 중 상영된 생전 동영상을 통해 이렇게 말했다.

"부족하고 자격 없지만 모든 것을 용서하시는 자비 지극하신 하느님은 당신의 그 영원한 생명으로 나를 받아주실 것입니다. 온 마음을 다해서, 나의 모든 것을 바쳐서 주님께 감사와 찬미 드립니다."

김수환 추기경 약력

1922. 5. 8(음력) 대구 남산동에서 출생

1933 대구 성 유스티노 신학교 예비과 입학

1935 서울 동성상업학교 을조(소신학교) 입학

1941. 4 일본 조치대학 예과 입학

1942. 9 일본 조치대학 문학부 철학과 입학

1944. 1. 21 학병 입대

1947. 9 ~ 1951. 6 성신대학(현 가톨릭대학교 신학대학) 편입

1951. 9. 15 대구 계산동주교좌성당에서 사제 수품

1951. 9 ~ 1953. 4 안동성당(현 목성동성당) 주임신부

1956. 10 ~ 1963. 11 독일 뮌스터대학에서 신학·사회학 전공

1964. 6. 1 ~ 1966. 4. 30 가톨릭시보사(현 가톨릭신문사) 사장

1966. 2. 15 초대 마산교구장 임명

1967. 9. 29 ~ 10. 29 세계주교대의원회의에 한국 대표로 참석

1968. 4. 9 서울대교구장 임명

1968. 5. 29 대주교 승품, 제12대 서울대교구장 착좌식

1968. 10. 6 한국병인순교자 24위 시복식 참석(로마 베드로대성전)

1969. 4. 28 추기경 서임 발표

1969. 4. 30 ~ 5. 1 추기경 서임식(로마 베드로대성전)

1970. 8. 15 국민훈장 무궁화장 수상

1970 ~ 1975 한국천주교주교회의 의장(1차 역임)

1973. 10. 13 엠네스티 국제위원회 명예총재단 한국 대표로 선출

1974. 7. 10 지학순 주교 구속 사태에 관해 박정희 대통령 면담

1974. 10. 22 세계주교대위원회의에서 상임위원으로 선출

1975. 6. 10 ~ 1998 평양교구장 서리 겸임

1975. 6. 25 북한 동포에게 보내는 메시지 발표

1979. 8. 20 오원춘 사건 진상을 위한 특별기도회

1980. 5. 23 광주민주화운동 관련 서한 발표

1981. 5. 3 마더 데레사 수녀 내방

1981 ~ 1987 한국천주교주교회의 의장(2차 역임)

1982. 3. 31 전두환 대통령과 면담. 부산 미문화원 방화사건 관련자에 대한
　　　　　　 고문 금지와 법률적 지원 보장 요청

1984. 5. 5 한국 천주교회 200주년 기념 신앙대회 및 103위 시성식(여의도)

1987. 1. 26 박종철 군 추모 미사

1987. 6. 15 4.13 호헌조치 철회 촉구 특별미사

1988. 9. 20 사후 인구 기증 시약

1989. 10. 8 제44차 세계성체대회 장엄미사(여의도광장)

1992. 6. 26 한국사형폐지운동협의회 고문 추대

1994. 4. 24 외국인 노동자를 위한 최초의 미사(명동성당)

1997. 7. 5 북한동포돕기 선언식 및 100만인 서명운동

1998. 5. 29 서울대교구장 및 평양교구장 서리 퇴임

2005. 4. 8 故 요한 바오로 2세 교황 장례미사(바티칸)

2005. 4. 24 베네딕토 16세 교황 즉위미사(바티칸)

2009. 2. 16 선종

상훈

1970. 8 국민훈장 무궁화장
2000. 5 제13회 심산상(성균관대학교)
2000. 11 제2회 인제 인성대상(인제대학교)
2001. 1 대십자공로훈장(독일)
2002. 11 베르나르도 오히긴스 대십자훈장(칠레)

명예박사 학위

1974. 2 서강대학교 명예 문학박사
1977. 5 노틀담대학교 명예 법학박사(미국)
1988. 11 조치대학교 명예 신학박사(일본)
1990. 5 고려대학교 명예 철학박사
1990. 10 시튼홀대학교 명예 법학박사(미국)
1994. 5 연세대학교 명예 신학박사
1995. 6 푸런(輔仁) 가톨릭대학교 명예 철학박사(타이완)
1997. 7 아테네오대학교 명예 인문학박사(필리핀)
1999. 10 서울대학교 명예 철학박사